通い猫アルフィーと3匹の教え子

レイチェル・ウェルズ
中西和美 訳

ALFIE'S APPRENTICES
BY RACHEL WELLS
TRANSLATION BY KAZUMI NAKANISHI

ハーパー
BOOKS

Published by K.K. HarperCollins Japan, 2023

通い猫アルフィーと3匹の教え子

おもな登場人物

アルフィー――通い猫
ジョージ――アルフィーと暮らす猫
ジョナサンとクレア――エドガー・ロードに住む夫婦。アルフィーの本宅住人
サマーとトビー――ジョナサンとクレアの娘と息子
マットとポリー――エドガー・ロードに住む夫婦
ヘンリーとマーサ――ポリーたちの息子と娘
フランチェスカとトーマス――元エドガー・ロードの住人夫婦
アレクセイとトミー――フランチェスカたちの息子
シルビーとコニー――日本からエドガー・ロードに越してきた母娘
ハナ――シルビーたちの猫
ハロルド――エドガー・ロードに住む老人
マーカス――ハロルドの息子、シルビーの夫
スノーボール――アルフィーのガールフレンド
サンタ、タイガー、ホリー――ジョージとハナの子どもたち

Prologue

重苦しい雰囲気に包まれていた。エドガー・ロードはにぎわっていて、車や人間が行きかうなか、ぼくたちは歩道に集まっていた。家族全員が、人間も猫も勢ぞろいしていた。

みんなどうすればいいかわからないらしい。ぼくは大声で泣き叫びたい気持ちを懸命にこらえた。ジョナサンの脚に体をこすりつけると、娘のサマーの手を握るジョナサンも同じ気持ちのようだった。荷物が詰めこまれた車はドアが開き、あとは人間が乗るだけになっている。乗らないでほしいとみんな思っていた。

「じゃあ」口を開いたマットの声はかすれていた。「そろそろ行こうか」家族を集めようとしているが、みんな動きたくなさそうにしている。

「行きたくない」マーサが泣きだし、サマーに駆け寄って抱きついた。

「ぼくも」ヘンリーもトビーに駆け寄ってしがみついている。

この子たちはきょうだいみたいなもので、少なくともいとこ同然だ。学校でもそれ以外の時間も毎日一緒に過ごし、一緒に育ってきた。こんなの辛《つら》すぎる。あんまりだ。行かないでほしい。

「ああ、ほんとにこんなのいや」ポリーがぼくの気持ちを言葉にした。クレアに抱きしめられたまま泣いている。ぼくも泣きたかった。フランチェスカ一家はもう別れの挨拶をすませ、一歩さがったところにいる。トーマスがフランチェスカをしっかり抱きしめている。

「またすぐ会えるさ」マットが明るく言おうとしたが、うまくできていない。リードをつけられたパグのピクルスが、別れを言うために勢ぞろいしたぼくたち猫のところへやってきてふんふんにおいを嗅いだ。ぼくにスノーボール、ジョージにハナ、そして仔猫《こねこ》のタイガーとサンタとホリー。言いたくない別れを言うために集まっている。

「寂しくなっちゃうな」ピクルスが無邪気な目をまん丸にしている。あまりよく状況をわかっていないのだ。旅行にでも行くつもりでいるが、そうじゃない。もう毎日ピクルスに会えないんだと思うと、ぼくは胸が張り裂けそうだった。

「ぼくたちも寂しくなるよ」ポリーに抱きあげられて車に積んだキャリーに入れられるピクルスに、ぼくたちは声をかけた。ああ、悲しくて胸が押しつぶされそうだ。

大好きなポリー一家が引っ越してしまう。さっき大きな引っ越しトラックが出発し、ポリーたちも車に乗って走り去ろうとしている。たしかにまた会えるだろうけれど、それはいつになるんだろう。毎日会えなくなるのは間違いない。

ひとりずつ順番に別れを告げていった。シルビーがポリーとマットの頰にキスし、子どもたちを抱きしめた。夫のマーカスも同じことをしている。なにもかもうまくいっているときでさえ感情豊かなフランチェスカは、激しく泣きじゃくっている。夫のトーマスはジョナサンやマットのように気丈に頑張っているけれど、いまにも涙があふれそうだ。ぼくも頑張っている。男は頑張らなきゃいけない気がした。次に別れの挨拶をしたジョナサンは、マットを抱きしめたときちょっと気持ちを抑えきれなくなっていた。つづけて子どもたちの番が来るとみんな泣いていて、ジョナサンが慰めていた。最後にクレアがポリーと抱き合ってから、子どもたちが車に乗るのを手伝ってキスをした。泣きながらキスしたり抱き合ったりがあちこちでくり返されたのち、エンジンがかかり、次の瞬間、ポリーたちはいなくなっていた。

ぼくたちは歩道に立ったまま見送った。走り去る車を見つめていると、辛くて喉が詰まった。行ってしまった。何年も生活の一部だった一家がいなくなってしまった。きっと戻ってくる。やっぱり間違いだったと言うに決まってる。けれど、みんなでその場に立ち尽くしたままなにかが起きるのを待っているうちに、そんなことにはならないと思い知らされた。ポリー一家は引っ越してしまい、その事実は変わらないのだ。

さよならを告げるのは、何度やっても辛い。

Chapter 1

うららかですがすがしい朝、ぼくはガールフレンドのスノーボールと健康のためにやっている散歩に出かけた。春の兆しが感じ取れ、ほころびはじめた花の香りや鮮やかな色にあふれている。それなのに、ぼくはすっかり物思いに沈んでいた。ちょっと物悲しい気分とさえ言えるかもしれない。

「いろんな変化があってびっくりだよ、たいした変化は起きてないのに」ぼくはしみじみつぶやいた。

「哲学者にでもなったつもり？」スノーボールがやさしく茶化してきた。「アルフィー・アインシュタイン」

「アインシュタインは哲学者じゃないと思うよ」言い返しはしたけれど、怒っていない証拠に笑顔を見せた。自分ではちょっとした哲学猫のつもりで、いつもいろいろ考えているものの、みんなに認めてもらわなくてもかまわない。自分で認めていればじゅうぶんだ。

歳を重ねるメリットのひとつは、若いときより自分のことがよくわかるようになることだ。ぼくは自信に満ちている。スノーボールはそれを知りながら茶化すのを楽しんでいるのだ。スノーボールとの気が置けない関係が好きだ。お互いいろんな経験をして、分別もつき、プレッシャーなしのパートナーという関係をようやく楽しめるようになった。まさにおとなの関係だ。

「そうじゃないんだ」ぼくたちは大好きな家族の家の前を通り過ぎた。ポリーたち一家が最近まで暮らしていた家。

まだ二、三週間しかたっていないのに、いまだにこの家の前を歩くのが辛く、いまは空き家になっているからなおさらポリーたちに会いたくてたまらない。ぼくやクレアたちの暮らしにここまで大きな穴があいてしまうなんて妙な話だ。ほかにも人間や猫は大勢いるのに、心のなかにポリーたちを恋しがるスペースがある。

ぼくは足を止めて空っぽになった家を見つめた。明かりはひとつもついておらず、生活の気配がない。ああ、ポリーたちがいまもここにいたらどんなにいいか。一家全員が。ぼくがここまで犬を好きになるなんて、だれが思っただろう。ちっちゃなピクルス。いや、実際は丸々太ってぼくの三倍近い大きさがあるピクルス。

全身に疲れが広がっていくみたいでどうしようもない。ぼくは空っぽになったポリーたちの家の門の外に腰をおろし、悲しい声をあげた。体の隅々まで喪失感が広がっていた。

「アルフィー」スノーボールが口調をやわらげた。「悲しいのはわかるけど、わたしが引っ越したときを思いだして。お互いに胸が張り裂ける思いをしたけれど、乗り越えたでしょう?」

ぼくは気力をかき集め、スノーボールを見た。初恋の相手、いまのパートナー、そして願わくば最後のパートナーであってほしい相手。ぼくはひげを立てた。

「そうだね」感謝の気持ちが込みあげた。落ちこむたびに、自分に与えられたものに感謝するようにしてきた。だってぼくはたいていの猫より恵まれているんだから。

それにスノーボールは正しい。だれかを恋しく思うのは生きていれば避けられないけれど、大切に思う相手がいるのは、たとえ永遠にそばにいてくれなくても、このうえなく幸せなことなんだから。

大切に思っていなければ、恋しく思ったりしない。失うことと愛することは切っても切れないもので、この世でいちばん大事なのは愛なのだ。

ぼくはアルフィー、通い猫だ。ロンドンのエドガー・ロードに初めて来たときはまだ若く、住む場所がなくならないように四軒の家に通っていた。そのうち不思議な展開を経て、四軒の住民を引き合わせることになった。通いはじめたころどちらもひとり暮らしだったジョナサンとクレアは結婚し、これまでぼくが食べたイワシより多い年数がたっている。ぼくのおかげでふたりはフランチェスカ一家やポリー一家とも親友になった。家族ひとりひとりの名前をあげるのが大変なほどの人数で、そんなふうにしてぼくの毎日は愛であふれるようになったのだ。たくさんの愛で。

フランチェスカ一家はいまエドガー・ロードから少し離れたところに住んでいて、それでもいつでも会えるけれど、ポリーたちは遠くに引っ越してしまった。マットがオファーを受けた仕事があるのは遠くにある街で、いずれにしても通りをいくつかはさんだ距離ではないから、また会えるまでしばらくかかりそうだ。それでも必ず会えると信じている。

これまでの経験で、生きている限り変化は避けられないと思い知らされた。人間を恋しく思うのは愛情を感じている証拠で、愛はぜったいに悪いものじゃない。これがぼくの信念だ。そしてこれをまわりのみんなにも伝えたいと思っている。心はとても大きくて、ぼくみたいにちょっと心がいっぱいだと思うなら、それはすごく恵まれている証拠なのだ。

それに、人間にせよ猫にせよ、まわりにどれだけいても多すぎることはない。これは通い猫の基本で、ぼくは頭の先からしっぽの先まで通い猫なのだ。

最近はまわりに人間や猫が大勢いるせいでずっと忙しく、昼寝する暇もないほどだ。昼寝は大好きなのに。息子のジョージとガールフレンドのハナのあいだには、ふたりが知らないうちに三匹の仔猫ができていた。サンタとホリーとタイガーは一歳になったばかりだ。そして三匹とも手に負えない。この一年、ぼくたちは彼らのせいでくたくただ。人間の世話は大変だと思ったことがあるし、ジョージが仔猫だったころは大変だと思ったし、ピクルスが仔犬だったころも大変だと思ったけれど、三匹の世話は比べものにならない。

仔猫たちのことは心から愛しているし、生まれてきてくれたことは嬉《うれ》しくてたまらないけれど、疲れ果ててしまう。実際、みんなを疲れ果てさせている。でも別にそれがいやだと言ってるわけじゃない。

そういうわけで、スノーボールと毎日散歩するようにしている。ふたりだけで。ぼくたちも多少の平穏を楽しむ時間が必要だ。エドガー・ロードで平穏は長くつづかない。どういうものだったか思いだせない気がすることがあるほどだ。ゆっくりくつろごうとしても、なにもせずのんびりしようとしても、すぐに猫か人間に邪魔される。あるいは両方に。

ぼくの本宅に住んでいるのはクレアとジョナサン夫婦に子どものサマーとトビー、猫のジョージとスノーボールで、仔猫たちもしょっちゅう来ている。ジョナサンは、猫が多すぎて歩くたびにだれかにつまずくと文句を言っているけれど、本当は猫が大好きなのはわかってる。ぼくの大好物のイワシを買ってきてくれるし、猫好きでなければそんなことするはずがない。ただ、カシミアのセーターの上でぼくたちのだれかが寝ていると、ものすごく腹を立てるけれど。そもそもぼくたちに寝てほしくないなら、どうしてカシミアで誘惑したりするんだろう。

はっきり言って、人間を理解できる日なんか来ない気がたまにする。

「ねえ、アルフィー。ハロルドの家に行かない？　思い出にひたるために。いいでしょう？　ちょっとだけ」スノーボールが言った。ぼくは切ない笑みを浮かべてみせた。これも話せば長くなるけれど、聞いてほしい。

スノーボールはぼくの初恋の相手で、以前は隣の家に住んでいた。ちなみにスノーボールが家族と一緒に引っ越してしまったあと、クレアがぼくを元気づけようとして連れてきたのが仔猫のジョージだ。何年もしてからスノーボールはエドガー・ロードに戻ってきて、ハロルドと暮らすようになった。でも悲しいことに数カ月前ハロルドはホームに入らざるをえなくなり、それ以来スノーボールはぼくたちと暮らしている。ハロルドの家にはいま知らない人が住んでいるけれど、スノーボールはハロルドを恋しがり、しばらく一緒に住んだ家に行きたがる。ハロルドが恋しいのはみんな同じだ。気難しいけれどやさしいおじいちゃんのことをみんな毎日思い浮かべている。亡くなったわけじゃないけれど、いまは会わせてもらえないからみんな残念がっている。でもいちばん悲しんでいるのはいちばん仲がよかったジョージとスノーボールだ。

「もちろんいいよ」ぼくは答え、スノーボールと並んで元気よく歩きだした。仲間の猫が住む家をいくつか通り過ぎ、彼らの姿を見かけることもあった。そんなときは立ち止まって挨拶してから軽くおしゃべりし、楽しいときを過ごした。こういうときは、自分たちがどれだけ恵まれているか改めて気づかされる。

ハロルドの家に着くと、ジョージと、仔猫のなかで唯一女の子のホリーがいた。

「ジョージ」ぼくはふたりに歩み寄った。「ジョージもハロルドのことを思いだしてたの？」

「うん。マーカスはぼくをホームに連れていきたいって言ってたけど、猫は入れてもらえないみたいなんだ」悲しそうなジョージにやさしいホリーが顔をこすりつけている。ぼくはジョージとホリーに顔をこすりつけた。スノーボールも加わった。少なくともぼくたちはひとりぼっちじゃない。どんなときも。

とはいえ、ホームには感心できない。猫を入れない場所がいいところのはずがない。

何年か前、ハロルドが入院している病院にジョージが忍びこんだことがあった。あのときは、あとをつけたぼくにピクルスがついてきてしまった。まあ、結果は上々とはいかなかったとだけ言っておこう。

「お願いだから忍びこんだりしないでね」スノーボールがぼくの気持ちを口にしたが、やってほしそうな顔をしている。

「まさか。もうぼくも父親なんだから、そんなことしないよ」ジョージがあからさまにホリーを見ながら応えた。

「いまはね」ぼくはつけ加えた。仔猫のころのジョージはいろんなところに忍びこむのが得意で、それは病院だけに限らなかった。それでもできればまたやってほしいと思わずにいられない。だれかひとりでもハロルドに会えたとわかれば、心がほっこりするだろう。

「パパとママの許可がないところには行っちゃだめだって、パパに言われてるわ」かわいらしい声でホリーが言った。とてもきれいな子で、気立てがいいうえに愉快なところもある。えこひいきはよくないとわかっているけれど、唯一の女の子だからみんなつい甘やかしてしまう。それにほかのきょうだいより厄介事を起こさない。

ぼくはジョージに向かってひげを立てた。

「いいアドバイスをもらったね、ホリー。ジョージはきっとすごく頭のいい猫に教わったんだね」

「パパったら、相変わらずなんだから」ジョージが笑っている。

そのとおり、ぼくは変わらない。さっきも言ったように生きていれば変化はつきものだし、人間は変わるかもしれないけれど、ぼくは変わらない。

ぼくは通い猫アルフィーで、これからもずっとそうだ。

Chapter 2

「クレア、靴下がないぞ」ジョナサンの声が響いた。

「靴下の引きだしにあるわ」クレアの声は冷静だ。

「身動きできない、そこらじゅう猫だらけで」ジョナサンが怒鳴っている。クレアがため息をつき、朝食を食べているサマーとトビーにあきれた表情を見せてから二階へ向かった。いつものことだ。毎朝ジョナサンはなにかをなくす。靴下、ネクタイ、車の鍵、携帯電話。いつかなんか、ジャケットを着たままジャケットが見当たらないと文句を言っていたこともある。

本人がしきりに説明するところによるとジョナサンは重要な仕事についていて、そのおかげでぼくたちはしょっちゅうイワシをもらえるんだから、ぼくは理解を示すようにしている。クレアもそうだ。それでも毎日同じことをくり返すジョナサンの相手をなぜ冷静にできるのか、わからない。ただ、仔猫たちがいるとたしかにわが家は大混乱になるから、猫じゃない生き物が多少正気を失ってもしかたない。どうやらだれもがぼくみたいに冷静になれるわけじゃないらしい。

クレアがサンタとタイガーを抱えて戻り、二匹を床におろした。

「アルフィー、ジョージとホリーが見当たらないから、この子たちを見張っててくれる?」クレアが言った。「サマー、トビー。あなたたちは歯を磨いて学校に行く時間よ」

「ミャオ」任せてほしい。ぼくは二匹をにらんだ。「ここでおとなしくしてジョナサンの邪魔をしないようにするんだよ。とりあえず少しのあいだ」そう諭した。「言うとおりにしたら、ぼくの朝食を少し分けてあげるから」以前子どもたちには買収が効くと学んだが、それは仔猫にもあてはまる。ジョージにはたいていおやつが効果的だった。考えてみれば、いまもそうだ。

「わかった」サンタが応えた。「でもパパはどこ?」

三匹のだれかがジョージを「パパ」と呼ぶたびに胸がうずく。誇らしさと、時の流れの速さを同時に感じる。ジョージがパパとは。猫に涙が流せたら泣いていただろう。

「ホリーと朝の散歩に行ったみたいだよ」毎朝ジョージがハロルドの家に通っているのは言わないでおいた。あそこにジョージがいるのはスノーボールと散歩をしていたとき見つけたから知っているし、ホリーがよく一緒に通っているのも知っている。ジョージがハロルドを恋しがるのはよくわかる。何年も親友だったんだから無理もない。ハロルドが早くよくなってぼくたちに会いに来られればいいのに。体調を崩してひとり暮らしが難しくなったハロルドがホームに入ったとき、元気になれば会いに来られるとクレアたちが話していたけれど、まだできずにいる。それにジョージは忍びこんだりしないと言ってるけど、近いうちにハロルドに会えないとやりそうだ。そうなっても、責める気になれない。焚《た》きつけさえするかもしれない。

脳みそがフル回転しはじめた。

大切な人間に会わせてもらえないなんて辛すぎる。きっとスノーボールも行きたがるだろう。そういえば、しばらくスノーボールを見かけていないから、ジョージと一緒に出かけたんだろう。ため息が漏れた。なんとかしないと。このまま毎日ハロルドの家へ通わせて恋しがらせておくわけにはいかない。あの家にはいまは若いカップルが住んでいて、猫は飼っていない。まだきちんと挨拶していないし、もし猫がうろうろするのをいやがったら？　猫が好きじゃないなんて変な気がするけれど、そういう人間に会ったことがある。用心しないと。人間は大好きだけど、猫好きばかりじゃない。確かめないと。

「よし」ぼくはタイガーとサンタに目を向けた。どちらも必死にじっとしていようとしているが、なにかしたくてうずうずしている。じっとしているのは苦手なのだ。「一緒にパパとスノーボールを元気づける方法を考えよう。どうすればいいと思う？」

二匹のきょとんとした表情を見る限りあまり期待はできないが、試す価値はある。

「世界一高い木を見つけて登ったらどうかな」タイガーが提案した。

「世界一太った鳥を見つけてつかまえるとか？」サンタが歯を見せている。

「そうだね。でもそれよりみんなで遠足に行くのはどうかな」二匹のどうしようもないうえに、はっきり言って危険な提案を聞き流したぼくは、すばらしいアイデアを思いついた。いつものことだ。「みんなでレストランにいるごみばこに会いに行って、おいしいものをもらうんだ」フランチェスカがくれるイワシのことを考えるだけでよだれが出る。フランチェスカは会いに行くと必ず甘やかしてくれる。一石二鳥だ。

「うん。それにごみばこはきっと獲物の仕留め方を教えてくれるよ」サンタが言った。どうしてこんな血に飢えた子になったんだろう。ぼくは首を振った。

「じゃあ、遠足に行こう。たぶんなにかを仕留めるのはなしだけど。毛づくろいして用意してて。ジョージたちが戻ってきたら誘うからね」

悪くないアイデアだ。計画を立てるのは久しぶりだけど、ぜんぜん鈍っていないし、計画を練っていると最高に気分がいい。大事なだれかを幸せにする計画ならなおさらだ。

ぼくはそういう猫なのだ。

ジョナサンが出かけ、クレアが子どもたちにコートを着せたり靴を履かせたりする時間になると、わが家は大騒ぎになる。

「バッグを忘れないで」クレアが大声で指示している。トビーの足取りが心持ち重い。

「トビー、急いで」クレアがせきたてた。「どうしたの？」うつむくトビーに気づいて話しかけている。

「ミャオ」ぼくもトビーの脚に体をこすりつけた。どうしたんだろう。

「ヘンリーがいなくなって寂しいんだよ」サマーがかわりに答えた。「あたしもマーサに会いたい。ふたりとは大の仲良しだったし、トビーとヘンリーはいつも一緒に学校に行ってたんだもん」

トビーは最近〝上の〟学校に通いはじめ、うまく馴染《なじ》んではいるものの、仲良しだったヘンリーがいなくて寂しがっている。

「まあ、トビー。いいわ、ポリーに電話する。そうすればきっと今日の晩ごはんのあとビデオ通話でヘンリーと話せるわよ」それを聞いたトビーが顔をあげてにっこり微笑《ほほえ》み、うなずいた。

「あたしもマーサと話せる？」とサマー。

「もちろん。さあ、トビー、学校が変わって大変でしょうけど、あなたはとてもうまくやってるわ。お友だちもできたんでしょう?」クレアがやさしく話しかけている。

「うん。でもヘンリーみたいな仲良しはいないよ」

トビーに友だちができてよかった。運動が得意だから人気者になれるし、いま通っている学校の上の学年にトミーがいるおかげで一目置かれているらしい。でもヘンリーとトビーは長年にわたって無二の親友で、トビーが養子としてエドガー・ロードにやってきたときはヘンリーが守っているようなところがあった。友だちを超えた兄弟みたいな関係で、学校のなかでも外でも長い時間を一緒に過ごしてきた。やさしいトビーのことを思うと胸が痛む。すごくいい子で、幼いころ辛い経験もしたのに。トビーが悲しそうにしていると辛くなる。

「すぐヘンリーと話せるわよ。それにあなたはよく頑張ってる。本当に偉いわ」クレアが息子の髪をくしゃくしゃと撫《な》でた。

「あたしは?」サマーはぜったいにのけ者のままではいない。

「もちろんあなたも」クレアがぼくにあきれた顔をしてみせた。ぼくはしっぽをひと振りして、にやりとした。サマーはジョナサンに自信過剰だと言われるほどいつも自信満々で、どこでもうまくやれるくせに、関心も引きたがるのだ。

クレアたちが出かけたあと、仔猫たちを集めようとしても延々終わらない気がした。二匹なら簡単だと思うかもしれないが、サンタは遊ぶものを探しに行ってしまうし、タイガーは登るものを探している。まさに名前をもらった猫にそっくりだ。むかしぼくのガールフレンドだったタイガーは、女の子なのに木登りが大好きだった。こんな言い方をするとスノーボールに女が木登りしちゃいけないのかと言われるけど、ぼくは頭が古い猫だし悪気はなく、あくまで〝今風〟でいるのに苦労しているだけだ。とにかく仔猫のタイガーはリビングのカーテンによじ登ろうとしているし、サンタはサマーが山ほど持っているテディベアで遊んでいる。そのうちのひとつをいまにも爪で引き裂きそうなので、あわてて止めた。

「サンタ、そんなことしたらサマーが悲しむよ」

「なんで？」とサンタ。

「そのクマはサマーの友だちだから、壊れたらいやがるだろう？」

サンタはなにか言い返したそうな顔をしていたが、思い直してくれた。

「それもそうだね」

危機がひとつ回避されてよかった。「じゃあ、一緒に来てタイガーを説得するのを手伝ってよ」ぼくはサンタを連れて次の相手に立ち向かうために一階へ向かった。

心配したとおり、タイガーはカーテンにぶら下がっていた。どうか引き裂きませんように。そんなことになったらクレアとジョナサンはかんかんになって、とうぜん、ぼくのせいにする。

「タイガー、おりなさい」ぼくはきっぱり声をかけた。

「なんで？」とタイガー。

ため息が漏れる。仔猫はどうしてこんなに手間がかかるんだろう。ぼくが仔猫のときはここまで手間がかからなかったはずだ。それどころかぜったいに仔猫の鑑《かがみ》だった。とはいえ、最初の家では行儀の悪さを大目に見てもらえなかった。アグネスという名前のお姉さん猫がいて、初めはぼくを好きじゃなかったけれど、なんとか仲良くなって、いつしか大事な家族になった。亡くなってからもうずいぶんたつのに、いまだにアグネスならうちの仔猫たちをどう思うだろうとよく考える。きっとあっという間にきちんとさせるに違いない。その気になったときのアグネスはものすごく怖かった。

「カーテンを破ったら、クレアとジョナサンがかんかんになるからだよ。ぼくたち全員が叱られることになったらいやだろう？」

「そうだけど、すごく楽しいからやめたくない」またよじ登りはじめている。

「ぼくもやりたい」サンタが窓枠に飛び乗った。

注意しようとしたとき、ありがたいことにジョージとホリーとスノーボールという援軍が到着した。

「なにをしてるの？」カーテンからぶら下がっているタイガーとサンタに、スノーボールが声をかけた。

「知らないほうがいいと思うよ」ぼくはそう答え、二匹の世話をスノーボールに任せた。

アグネスほど厳しくないけど、その気になるとけっこう怖いのだ。

ジョージはキッチンで朝食の残りを食べようとしていたが、食器は空っぽになっていた。

「残念だったね、仔猫たちだよ」ぼくは声をかけた。

「わたしは食べてないわ」とホリー。「パパといたもの」

「うん、わかってる。ホリーはいい子だ」ジョージが褒めている。それは間違いない。ホリーもほかの二匹みたいに面倒を起こすことはあるものの、総じて気立てがよくておとなしい母親のハナに似ている。一方の男の子たちはジョージにそっくりだ。

「ジョージ、みんなで遠足に行ってごみばことアリーに会おうと思ってるんだけど、一緒に行かない？」

「いま散歩してきたばかりだよ」機嫌が悪いのはハロルドが心配だからなのか、朝食がなくなったせいなのかわからない。ただ今朝のトビーのことを考えると、今日はみんなだれかがいない寂しさを感じているようだ。もちろんぼくもポリー一家やハロルドに会いたいけど、しっかりしないと。どうやらしっかりしてるのはぼくだけみたいなんだから。

「ジョージ、タイガーとサンタのあり余るエネルギーをどうにかしたいんだ。それに友だちに会うのはいまのジョージのためにもなるし、フランチェスカに食べ物をもらえるかもしれないよ。朝食を食べ損ねたからちょうどいい。だからつべこべ言わないで出かけよう。ハナも誘ってみれば？」

「ハナはしばらく静かにしていたがると思う。ゆうべは仔猫たちがフル回転の大騒ぎで、だから今朝はうちに来させたんだ」そのときの騒ぎを思いだしているらしい。

「さあ、サンタとタイガーを床におりさせて出かけよう」いやとは言わせない口調で告げた。

「どうしてもって言うなら」ジョージはまだ不満そうで、それを見たぼくは何歳になってもジョージはぼくにとって世話の焼ける仔猫のままだと改めて思った。それでもかまわない。まだぼくを必要としている証拠だ。

仔猫たちを集めはじめたぼくには、トビーとサマーに出かける準備をさせるときのクレアの気持ちがよくわかった。庭を出もしないうちに疲れ果ててしまった。全員を裏口に集めるまで延々かかり、そのあとホリーの姿を見失ったと思ったら、オーブンの扉に映る自分を見つめていた。ようやく出かけられるようになったときは、これがまずいアイデアでないように祈るしかなかった。みんなを元気づけるためのアイデアで、ぼくの立場を一巻の終わりにするのが目的じゃない。

ぼくが先頭を歩き、ジョージが仔猫たちと真ん中を歩いてスノーボールがしんがりを務め、だれも迷子にならないようにした。みんなで出かけるときはいつもそうだけど、通りではかなり注目を集めた。人間が足を止めて撫でてくれることもあり、はっきり言えばぼくより仔猫たちが撫でられるほうが多い。みんなこんなふうに遠足に行く猫の行列なんて初めて見るんだろう。

やっとのことで目的地に到着したときは、正直ちょっとくたびれていた。距離があるせいだけじゃない。もう若くはないかもしれないけれどぴんぴんしているし、散歩にも慣れている。ただ同時にしょっちゅう立ち止まっては全員がそろっているか確かめたり、仔猫たちの無事を確認したりするのはかなり大変だ。歩道も信用できない。人間の脚やベビーカーに加え、犬までよける必要があるから、外出はいつも楽とは限らない。

でもレストランの裏庭でごみばこの姿を見つけたとたん、全身にのしかかっていた疲れが吹き飛んだ。ごみばこは、いちばんつき合いが長くていちばん親しい友だちのひとりだ。

大好きな猫で、野性的で狩りが好きなごみばこと、自分でイワシを取ろうとは思わない甘やかされた膝乗り猫のぼくは正反対だけど、ずっと仲良くしている。

ぼくは、ごみばこを崇拝する仔猫たちに追い払われないうちに挨拶を交わした。あの子たちにとってごみばこはヒーローみたいな存在なのだ。裏庭に住んでネズミ退治という仕事についているからだろう。ただフランチェスカとトーマスにしっかり面倒を見てもらっているし、息子たちには甘やかされていて、ごみばこはいまの状況を変えたいとは思っていない。何度も裏庭じゃなくて家のなかで暮らすほうがいいんじゃないかと言ってみたけれど、そのたびに頭がおかしいんじゃないかと言いたげな顔で、「なんでそんなことするんだ？」と毎回しっぽをふりながら答える。

「アリーはどこ？」ぼくはごみばこと同じぐらい野性的なガールフレンドについて尋ねた。

「散歩に出かけてる。アリーのことは知ってるだろ、しょっちゅう探検してないと気がすまないんだ。おれはこの裏庭で満足だけどな」

「そうだよね」ぼくはぬくぬくした陽《ひ》だまりに腰をおろした。「なにか新しい情報はある？」

「人間はみんな問題ないよ。まあ、アレクセイは大事な試験が近づいてるからピリピリしてるけどな」アレクセイは大学に入る前の試験があるのだ。なにか頭のいい人間がやることをやりたがっているけれど、猫のぼくにはよくわからない。ただ、いずれエドガー・ロードを出ていく。また別れを告げなきゃいけなくなるが、永遠の別れじゃない。休みには帰ってくると言っていた。よかった。もうだれも失いたくない。

「トミーは?」ぼくはアレクセイの弟について尋ねた。

「ああ、トミーはトミーのままだよ。学校ではあまりうまくやってないし、ほとんど毎晩騒ぎを起こしているが、本人に態度を改める気がないだけの気がする」

「深刻なトラブルじゃないよね」確認しておかないと。トミーはなにをしでかすかわからないのだ。心根はいい子なのに、しょっちゅうトラブルを巻き起こす気がする。

「いや、いつもと同じさ。おれが目を離さないようにしてるから、心配するな」笑っている。しばらくおしゃべりしていると、しびれを切らした仔猫たちがやってきた。ごみばこに飛びつきそうな勢いだ。

「ねえ、狩りを教えてよ」タイガーがごみばこにせがんだ。愛くるしいホリーまで真剣だ。

「わかったわかった。でも教えたとおりにしなきゃだめだぞ」

スノーボールとジョージとぼくは陽だまりに座ったまま、ごみばこに飛びかかり方を教わる仔猫たちを見ていた。だれかがかわりに面倒を見てくれると助かる。人間が子どもを学校に通わせたがる気持ちがよくわかる。猫にも学校があれば、ぼくたちものんびりできるのに。ぼくに学校をつくれれば……。

食べ物のにおいで目が覚めた。フランチェスカがレストランの戸口に立っている。「アルフィー、おやつを持ってきたわよ」満面のやさしい笑みを浮かべている。フランチェスカはすばらしい女性だ。お気に入りの人間のひとり。初めて会ったころはポーランドから引っ越してきたばかりで、友だちがいなかった。ぼくは自分がイギリスでできた最初の友だちだと思いたい。そして出会えてお互いラッキーだったと。

ぼくは眠気を振り払ってフランチェスカに駆け寄り、撫でてもらった。ぼくたちのあいだには特別な絆《きずな》があるから、フランチェスカに会えると嬉しいが、最近はいつもまわりにほかの人間や猫がいる。フランチェスカはぼくを撫でてから、みんながじゅうぶん食べられる量のおやつを置いてくれた。

「ミャオ」ぼくは感謝を伝えた。エドガー・ロードに戻る前においしいイワシのごちそうをもらうのを待っていた。おなかがいっぱいになったぼくは、すっかり満たされた気分でフランチェスカに体をこすりつけた。

Chapter 3

　ぼくとスノーボールは、エドガー・ロードの仲間たちと仔猫抜きの短い時間を楽しんでいた。いつも集まる人目につかないこの草地はたまり場と呼ばれている。ぼくたちはここを猫専用の場所だと考えていて、長年そうしてきた。仲間のネリーとエルビスとロッキーとおしゃべりしていると、この界隈《かいわい》の監視役を自任するサーモンがやってきた。出会ってしばらくのあいだ、飼い主に似てなんにでも首を突っこんでくるサーモンは天敵だったけど、いまは固い絆で結ばれている。たまに衝突することはあっても、たいていはうまくやっている。ただ、仔猫たちがサーモンの家の庭に入ると長々とぼくに説教してくるが、それはサーモンがひどくいらつくのを、仔猫たちがおもしろがるからだ。仔猫たちがサーモンをからかうのを黙って見ているかわりに、縄張りをわきまえる大切さを延々聞かされることに価値があるのかわからないが、どちらかと言うとある気がする。

「やあ、サーモン」サーモンはあまりたまり場に来ず、来るのはたいてい話があるときだ。

あるいはぼくに説教したいとき。

「みんなそろってるな」サーモンには堅苦しいしゃべり方をする傾向もあって、これも飼い主と同じだ。しっぽをすばやく左右に振る姿はうぬぼれにあふれている。「おまえに訊《き》きたいことがあるんだ、アルフィー。ポリーとマットの家はどうなってる？」サーモンは世間話もしない。

「え？　当分は空き家だけど。引っ越し先で落ち着いてから、売るか貸すか決めるみたいだよ」クレアたちがそんな話をしていた。

「そんなことじゃないかと心配してたんだ。おれの家族は集会をやるぞ。空き家のままだと不法侵入者が入りこむかもしれないからな」

「不法侵入者？」スノーボールが尋ねた。

「あの家とは無関係な人間だ」サーモンがひげを舐《な》めた。「厄介者でもある。エドガー・ロードにいてほしくないやつなのは間違いない」

ぼくはサーモンより寛大でいたい。この世にはいろんな人がいるのだ。でもあそこに不法侵入者とやらが入りこんだらポリーとマットが困るだろうし、そんな事態は避けたい。とはいえ、サーモンの飼い主はエドガー・ロードのいたるところに問題を見つける。木が高すぎるだけで人類の危機らしいから、ぼくはあまり真剣にとらえないようにしている。

「だいじょうぶだよ、サーモン。クレアが鍵を預かってるし、ぼくも毎日の散歩のとき確認する。クレアもしょっちゅうなかをチェックすると思うよ」クレアは空き家になったあの家に入る気になれないようで、かわりに自分がやると言っていたジョナサンはすっかり忘れているけれど、それは黙っておこう。

「まあそれはそれとして、おれの家族はまともな家族が早くあそこに引っ越してきてくれるに越したことはないと思ってるし、それはおれも同じだ。じゃあ、集会でな、アルフィー。おまえも参加するだろ」サーモンが踵《きびす》を返し、最後にもう一度さっとしっぽを振って去っていった。

「なんで隣人監視活動の集会にぼくが出なきゃいけないんだろう」わけがわからない。いつもは出ないし、延々つづいてうんざりするからわが家で開かれるときも避けている。ジョナサンは居眠りするからクレアが腹を立てる。

「運がいいだけよ」ネリーが茶化し、みんなそろっておもしろそうに笑いだした。ぼくはそんなみんなを黙って見ていた。ジョナサンはいい顔をしないだろうし、ぼくもそうだ。

家に帰ると、仔猫たちはジョージとハナのいるお隣に行っていた。おかげでしばらく猫はスノーボールとぼくだけだ。家のなかが静かな気がした。クレアは夕食の準備をしながらトビーとサマーに宿題を終わらせるよう言っている。ぼくはふたりがいるキッチンのテーブルに飛び乗って手伝おうとした。

「アルフィー」クレアに注意されたが、テーブルからおろされはしなかった。サマーが撫でてくれた。

「マーサとヘンリーといま話しちゃだめ?」サマーが精一杯哀れっぽい声で訴えた。サマーはいざというときだけこの声を使う。聞くに堪えない声だから、みんな折れてしまう。

「いいわ、パソコンを持ってくる」クレアがノートパソコンを持ってきた。ぼくは何度クレアに床におろされそうになってもその場に留《とど》まった。見逃すつもりはない。スノーボールは昼寝をしているので邪魔しないでおいた。

しばらくすると、画面いっぱいにマーサとヘンリーの顔が映り、注目を集めようと競い合っていた。ふたりの声を聞いたとたん、心が浮き立った。ああ、ほんとに会いたい。

みんなが同時にしゃべりだしたので会話についていけず、顔を見るだけで我慢した。

「ヘンリーがいないと学校がつまんないよ」トビーが言った。

「あたしもだよ、マーサ」サマーがつづける。

「いまの学校は、前の学校よりつまんないの」とマーサ。

「ぼくの学校もトビーがいないとぜんぜんつまんない」ヘンリーもぼやいた。それからマーサが、声はするけど姿は見えないピクルスの笑い話を始めた。ぼくは画面の前に寝そべり、他愛のないおしゃべりがつづくあいだヘンリーたちから見えるようにした。ポリーがカメラに向かってピクルスを抱きあげると、胸がうずいた。ピクルスはぼくが生まれて初めて好きになった犬で、心から大好きなのだ。ピクルスがふんふん鼻を鳴らしたので、ぼくはミャオと返事した。お互いに会いたがっているという、ぼくたちなりの伝え方だ。

そのうちお茶の時間になってクレアが運んできたので、子どもたちはいやいや通話を終わらせた。サマーもトビーもお茶のあいだ元気いっぱいで、ぼくもヘンリーたちの顔を見られて嬉しかったけれど、やっぱり直接会いたかった。

ジョージと仔猫たちがどうしているか、シルビー一家が住む隣を見に行った。以前この家はうちと違ってとても静かだった。高校生のコニーはアレクセイのガールフレンドだから、アレクセイがいても意外には思わなかった。一緒に勉強しているふたりはどちらも世話のかからないいい子で、もうほとんどおとなも同然だ。本当に時間がたつのは速いものだ。出会ったころのアレクセイはまだ幼くて、ぼくたちはすぐ仲良くなった。ぼくにとっては初めてできた人間の子どもの友だちだ。

「アルフィー、ここはもうめちゃくちゃだよ」アレクセイが笑いながら話しかけてきた。

ふたりが勉強しているテーブルのまわりを、コニーの弟でよちよち歩きのテオに追いかけられてサンタとタイガーとホリーが走りまわっている。神経質になりがちだったシルビーは、テオや仔猫たちが生まれてからずいぶん肩の力が抜けた。赤ん坊も仔猫も思いどおりにならないから、あきらめたんだとジョナサンは言っている。ハナとジョージは仔猫たちを落ち着かせようとしているが、うまくいっていない。

「さあ」人間に聞こえないところまで連れてきた仔猫たちにぼくは言った。「一緒に隣に行きたい子はいる？」ジョージもハナも疲れ果てているから、ぼくがひと肌脱ぐしかない。三匹とも行きたがった。

「よし。でもお行儀よくしなきゃだめだよ。そうしたらゲームをしてあげるからね」どんなゲームをするのか、うまくやれるのかもわからないけれど。

仔猫たちがおとなしくついてきたので、ジョージとハナに感謝された。この子たちを連れて帰ったら、ジョナサンが震えあがるだろう。

結局、かくれんぼをすることにした。単純だけど仔猫たちが好きなゲームだ。前にジョージとピクルスとやったときは見失ってしまったけど、仔猫たちは遠くに行かない。家のなかだけでやるのがルールになっている。ただ、この子たちはルールを守るのがあまり得意じゃない。

スノーボールは昼寝をしているのでひとりでやることにした。数を数えてから、仔猫たちを探しはじめた。においでわかるけど、仔猫たちを喜ばせるために探すふりをした。

最初にサンタを見つけた。トビーの洗い立ての制服の下に潜っていて、制服が毛だらけになっていたら叱られるのはぼくになりそうだ。最初に見つけたのがぼくでよかった。最後まで見つからずにいたかったサンタはがっかりした気持ちを埋め合わせるために、一緒にきょうだいを探してくれた。予備の部屋のたんすの上でタイガーを見つけた。ぼくはそこまで登る気になれなかったが、タイガーのほうからおりてきてくれた。

「ちょっと待って」タイガーが言った。「なんでまだホリーが見つかってないの？　いつも最初に見つかるのに」

たしかにそうだ。そう思ったとたんパニックになった。みんなでそこらじゅうを探した。どの寝室にもホリーはおらず、一階はトビーとサマーとジョナサンが映画を観《み》てるから行ってはいけないことになっている。そういえばクレアはどこにいるんだろう。

「どこに隠れたんだろう」ぼくは言った。みんなの視線が唯一探していない部屋に向いた。バスルーム。そっと頭で押すとドアが開き、クレアがびしょ濡《ぬ》れのホリーを抱いてタオルでふいていた。ぼくは目をむいた。

「アルフィー、ホリーはここよ」探していたのを知っているようにクレアが言った。「お風呂に入ろうとしてお湯を出してたんだけど、ホリーがバスタブの縁に登ってるのに気づかなかったの。とにかくすぐに助けだしたから、濡れてるけどたいしたことはないわ」

ぼくはタイガーとサンタを見た。いったいホリーはなにを考えてるんだ？

仔猫たちを連れて隣に戻るころには、ホリーの毛もすっかり乾いていた。

「なにをしてたの？」ぼくは訊いた。

「バスルームに隠れようとしてバスタブの縁に飛び乗ったら、お湯のなかに知らない仔猫がいたの。近くで見ようとして顔を近づけたら、足が滑っちゃった。悲鳴をあげたけど、お湯が出てる音でみんなに聞こえなかったのね。クレアが助けに来てくれてよかったわ」

「知らない猫はどうなったの？」とサンタ。

「どこかに行っちゃった」

ぼくはさっとしっぽを振った。「それはお湯に映った自分だよ、ホリー。鏡に映るのと同じだ」

「ああ、だからすごくかわいい子だと思ったのね」ホリーが応えた。ぼくはしっぽを振って仔猫たちと隣へ向かった。今度はジョージがお世話をする番だ。この子たちには学ぶことがたくさんある。

Chapter 4

頭の片隅でアイデアがふつふつしている。まだはっきりしていないけど、湧いてきているのは間違いない。ぼくは改めて考えてみた。ときどき手に負えなくなる仔猫たちのこと、あの子たちはいろいろ学ばないといけないこと、学校に通う子どもたちのこと。

「ねえ、わかったよ」ぼくはスノーボールを軽く押した。

「どうしたの？　真夜中よ」眠そうだ。

「でも、ものすごくいいことを思いついたんだ」

「どんな？」

「仔猫の学校を開く」

「え？」

「立派な猫になるために必要なことを、あの子たちに教えるんだよ」それだけ言うと、スノーボールの返事も聞かずに眠りこんでしまった。

朝になって目が覚めたときも、仔猫の学校を開くアイデアで胸が高鳴っていた。

「でも具体的になにをするの？」

「まだわからないけどだいじょうぶ、すぐ思いつくよ。どうすれば超一流の猫になれるか、あの子たちに教えるんだ。心配しないで。計画を進めるのはこれまで何度もやってきたから、今度もきっとできる」

「あの子たちになにかを教えるなんて、できるのかしら」

「できるよ。これまではきちんとやってこなかっただけだ。ただ、まだみんなには秘密だよ。サーモンがうるさいから、これから隣人監視活動の集会に顔を出さないと。でもそれが終わったら、一緒に授業を始めよう」

「一緒に？」

「ぼくの助手になってよ」

「そんな、無理よ」ちょっとうろたえている。

「頼むよ、きみの協力が必要なんだ。それにきみは仔猫たちの扱いがうまいし、ぼくが調子に乗りすぎたら軌道修正してもらえる」

「本気なの？」

「もちろん。まだ詳しい内容はわからないけど、これから考える。きみが協力してくれれば、きっとうまくいく」

「それは言われなくてもわかるわ」

ぼくは集会が開かれるグッドウィン家へ向かうクレアとジョナサンを急いで追いかけた。

「アルフィー、やっぱり来たのね」クレアが抱きあげてくれた。サーモンとぼくは仲良しみたいなものだから、グッドウィン夫妻も家に入れてくれる。大歓迎というわけではないにしろ、受け入れてはいる。

「なんでわざわざつまらない集会に出ようと思うのかな」ジョナサンが頭を掻《か》いている。

「ミャオ」出るしかないからだよ。

グッドウィン家のリビングは大混雑だった。エドガー・ロードの住民全員が入れるほど広くはないが、かなりの人数が集まっている。ほとんどは通りのこちら側に住んでいる人たちだ。シルビーはテオの世話があるから来られず、マーカスは残業があるとジョナサンに電話してきた。ジョナサンはどちらの話も信じていないが、欠席するふたりの謝罪を伝えていた。

「緊急に集会を開いたのは、エドガー・ロードに空き家ができたことについて話し合うためだ」みんなの注目を集めてから、ヴィクが話しだした。

「世間話は抜きなのか？　飲み物も出さずにいきなり本題？」ジョナサンがつぶやき、クレアに小突かれている。

「こうしているあいだにも好ましくない人物が住みついているかもしれないし、これからそうなるかもしれないのよ。ぞっとするわ」ヘザーがつづけた。隣にしゃきっと立つサーモンは得意げで、グッドウィン夫妻と百パーセント同じ意見なのがよくわかる。

「でも、あそこにはだれもいませんよ」クレアが言った。「わたしが様子を見に行っているもの」本当は一度も見に行っていないはずだから、顔がちょっと赤い。でも、だれもあそこにいないのは間違いない。だれも見かけていないし、ぼくはほぼ毎日あの家の前を通っているんだから、断言できる。

「いまはそうかもしれないが、わたしの友人や同じ考えの人たちの話では、空き家になるとだれかがそれに気づいて住みつくのは時間の問題にすぎないそうだ」ヴィクがたたみかけた。「というわけで、問題はあの家をどうするかだ」

「待ってください」クレアが冷静に口を開いた。「わたしが必ず定期的に確認します。ポリーにも連絡します。売るか貸すか決めるのは、落ち着いてからにしたいと思ってるんです。ずっとストレスが重なっているので」

「わたしたちだってストレスがたまってるわ」とヘザー。なんと言われようが方針を変える気はないのだ。

「ポリーとマットと話して、いつごろ決められそうか訊いてみますよ。それまではぼくたちが毎日確認しに行きますから、それでどうですか?」ジョナサンが言った。

「必ずそうしてくれるならさしあたってこのままでもいいが、エドガー・ロードに空き家があるのは感心しないから、われわれの考えをポリーとマットに伝えてもらって、次の集会で改めて話し合おう」

「楽しみだな」ジョナサンがつぶやき、またクレアに小突かれていた。

とりあえずこれで解放されると思っていたら、とんでもない間違いだった。ヴィクとヘザーがエドガー・ロードのほかの問題について話しはじめたのだ。庭を掃除しない住民やゴミ容器を洗わない住民、リサイクルをおろそかにする住民。なかには資源ゴミ用の収集箱が空になったあとに出したゴミを二十四時間放置した人もいたらしく、そういう人たちが非難の的になった。庭に一週間も古い肘掛け椅子を出しっぱなしにしているなんて考えられないとか、非難は延々つづいた。ぼくは仔猫の学校について考えはじめ、そのうち眠くなってしまった。

クレアにやさしく撫でられて目が覚めた。

「アルフィー、後半眠っててよかったな。ぼくは居眠りしそうになったから立ってたよ」

帰り道でジョナサンが言った。

「ミャオ」なにか聞き逃したかな。

「だいじょうぶよ、聞いてなくても問題ない、どうでもいい話ばっかりだったから」クレアが応えた。「それよりポリーとマットにどう話すか考えないと」

「ビールが欲しい気分だ。まったく、お茶ぐらい出してくれてもよさそうなのに」ようやく家に着いたところでジョナサンがつぶやいた。

Chapter 5

「ビッグニュースってなあに?」きょうだいと一緒に二階の予備の部屋に連れてこられたホリーが訊いてきた。仔猫の学校の細かな内容はまだぼんやりしていても、基本的な方針はそろそろ話しておこう。スノーボールもなんとか説き伏せた結果しぶしぶながら助手になると言ってくれたことだし、いまできる限りの話をしよう。もっとも、あまり話せることはないけれど。

「仔猫の学校をやるよ」

「仔猫の学校?」とタイガー。「なにそれ」

スノーボールが例の表情でぼくを見た。たしかに三匹に打ち明ける前に少なくとも仔猫の学校がどんなものかはっきりさせておくべきだと言われたけれど、細かいことはやっているうちにわかるはずだ。

「立派な猫になる方法をぼくがみんなに教えるんだよ」アイデアがふくらむにつれてやる

気があふれてくる。完璧なアイデアだ。人間の子どもが学校に行くんだから、猫だって行っていいはずだ。そもそもこの子たちには生活の枠組みみたいなものが必要だし、しつけも欠かせない。人間の子どもと同じだ。

いま決まっているのは、授業はぼくがやるということだけだ。狩りについてはぼくはあまり授業に取り入れたくないけど、そっちはごみばこに教わればいい。仲間の猫たちも力になってくれるだろう。みんなで教育すればこの子たちも超一流の猫になれる。

アイデアがどんどん浮かぶにつれて、やっぱり天才的な名案だとつくづく思った。ぼくももうそんなに若くないのに、まわりの人間も猫もこれまで以上にぼくの助けを求めている。ずっとみんなの問題の解決役を務め、必要なときはそばにいるようにしている。でも切りがない。これをきっかけに仔猫たちを教育して手伝ってもらえばいい。それどころか、ぼくの役目を引き継いでもらえるかも。そう思うと気持ちが高ぶった。過去最高のアイデアかもしれない。

仔猫たちにバトンタッチできたら、毎日日向ぼっこしたり蝶《ちょう》を追いかけたり昼寝をしたりスノーボールと散歩したりして過ごせる。

「ぼくたちはいまだって猫だよ」サンタが怪訝《けげん》そうに尋ねる声で想像がさえぎられた。

「まあね。みんないい子だけど、猫には役目があることは知らないだろう？　ごみばこやぼくやジョージみたいに。ぼくたちにはいつも目標があるんだから、これからみんなも人間の力になる方法を学ぶんだよ」

「あなたみたいになれるようにするってことよね」スノーボールがしっぽをひと振りした。その口調がぼくはなんとなく気に入らなかった。

「そうだよ」

「わかったけど、学校って具体的にどういうものなの?」タイガーが訊いた。

「仔猫の学校だよ。でもどちらかというと訓練かな。ぼくが訓練してあげる。みんなはいまからぼくの弟子だと思ってよ」

「アルフィーの弟子?」スノーボールが目を見開き、からかってきた。

「そうだよ。いまから訓練開始だ」

自分で言うのもなんだけど、やっぱり過去最高のアイデアかもしれない。

思いついたばかりだから仔猫の学校でなにを教えるのか考える暇がなかったけど、それを知られるのはまずい。いまから始めると言ってしまったものだから、みんないまかいまかと待ちかまえている。もう少しよく考えてから始めたほうがよかったかもしれない。でも後悔してもしかたない。それに考えることなら慣れている。

「それで、なにから始めるの？　訓練ってどうやるか知ってるの？」スノーボールが尋ねた。

「そうだな、まずは」大急ぎで頭をフル回転させた。「猫の基本から学ぼう」

「なあに、それ」とホリー。

いい質問だ。見当もつかない。こうなったら進めながら考えるしかない。自分でもわからずにやっているのが、どうかばれませんように。正直なところ、なにをしてるのか自分でもわからない。いや、ある程度はわかってるけどはっきりとはしてなくて……。まずい、思ったより難しくなりそうだ。

「立派な猫でいるには条件がたくさんあるんだ。木登りとか狩りとか、水やガラスに映った自分を見るとかの本能的なものだけじゃない」お風呂に落ちてからホリーは水が嫌いになったので、自分に見とれてはいけない場所を教えなければいけなくなった。ぼくも池で同じ目に遭ったことがあるから、あまり責められない。若いうちはだれでも、ばかな真似《まね》をするものだ。

「でもぼくたちそういうの好きだよ」サンタが言った。「自分を映すのが好きなのはホリーだけだけど」

「だって自分を見るのが好きなんだもの」ホリーが言い返す。

「別にやってもいいんだ」

「ぼくは木登りが好きだな」タイガーが言った。

「寝るのも。寝るのはみんな好きよ」とホリー。

「そうだね。猫はみんな寝るのが好きだ」ぼくは認めた。「寝るのはぜんぜん悪くない」

悪いはずがない。もっと眠れたらこの世はもっとよくなっているはずだ。

「取っ組み合いも。取っ組み合うの大好き」タイガーがうなり声をあげてみせた。

「だめだ、取っ組み合いはだめ。いい？　よく聞いて。レッスン1。猫は話をよく聞かないといけない」

「なんで？」

「いい暮らしをしたければ人間に頼るしかないからだよ。だから猫の基本は、人間にとって欠かせない、ただの猫を超えた存在になることなんだ」

スノーボールはぜったいにやにやしているに決まってるので、そっちは見ないようにした。おもしろいことになってきたと思っているのだ。必死でしどろもどろにならないようにしていると、クレアがしょっちゅうリストをつくる理由がわかった。仔猫の学校のためにリストさえつくっていたら……。

「でもどうして？」ホリーがしつこく訊いてきた。

「そうすればおいしいものや寝心地のいいベッドをもらえるからだよ。みんなが大好きなおもちゃも」

「でも、いまももらってるよ」サンタはピンとこないらしい。「かわいくしてるだけでもらえてる。もともとかわいいからね。みんなそう言ってる」

ぼくは〝みんな〟がこの子たちの世話をしてるわけじゃないと言いたいのをこらえた。

「ぼくとジョージとハナとスノーボールが話をよく聞いてるおかげで、サンタたちもそういうものをもらえてるんだよ。本当だ。人間っていうのはへんてこな生き物なんだ」

「知ってるよ。脚が二本しかないもの」とタイガー。

「それにしょっちゅうぶつぶつ文句を言ってる」サンタがつづけた。

「それにあんまり毛が生えてないわ」ホリーの言葉でみんなホリーのほうを見たが、ぼくは話をつづけた。

「つまり、人間はぼくたちの面倒を見てくれるけど、本当は、根っこのところではぼくたちが人間の面倒を見てるんだ。ぼくの弟子になるなら、人間に話をさせて打ち明け話をさせる方法を身につけないとね」

仔猫たちはしっかりぼくの話を聞いているようで、おかげでいくらか救われた。少なくとも多少安心した。

そこで実践に移ることにした。

「これからお手本を見せるから、よく見てるんだよ。クレアのところへ行って、話をさせるからね。スノーボールはこの子たちが離れたところでおとなしくしていて、邪魔したり気づかれたりせずに見学するようにしててよ」ぼくは洗濯物をたたんでいるクレアに近づいた。洗い立ての洗濯物は大好きだ。ふわふわでさわやかなにおいがして我慢できない。ぼくは洗濯物に飛び乗った。

「アルフィー、おりなさい。せっかく洗ったのに、また洗わなきゃいけなくなるじゃない」口調が厳しい。なるほど、幸先《さいさき》がいいとは言えない。ぼくはクレアの首に顔をこすりつけて謝った。乾燥機から出したての洗濯物はすごくふわふわでいいにおいがするからしかたないんだよ。我慢できる猫なんていない。

「わかったわ、アルフィー、ごめんなさい。ちょっといらいらしてるの、いろんなことがありすぎて」クレアがぼくを撫ではじめた。思ったとおりに進んでいる。「どうしてかしら。ポリーたちが引っ越して、子どもたちは学校やクラブ活動で忙しいから、なんだか自分がいらない存在になった気がするのよ」

ぼくは喉を鳴らした。ぼくたちにはクレアが必要だよ。

「そうね。でもどうすればいいかわからないの。子どもたちはどんどん大きくなるし、わたしは忙しいのに慣れてる。むかしは仕事もしてた。家にいるのは好きなのよ、みんなの世話をするのも。でもそろそろほかのことを始めたほうがいいのかもしれない。自分のためのことを。アルバイトとか。それなのにジョナサンに話しても、だれがぼくの夕食をつくってくれるんだと笑って言うだけなのよ。結婚したときは亭主関白になるなんて思わなかったわ」

「ミャオ」ほんとに？　ぼくはぜったいそうなると思ったけどな。

「まあ、多少はその傾向があったけど、専業主婦でいるのはわたしが選んだことだし、うちの子たちに加えてヘンリーとマーサやピクルスの面倒も見ていたときは、てんてこ舞いだった。ハロルドもいたし」

「ミャオ」言いたいことはわかる。クレアはみんなの面倒を見ていた。ぼくの人間バージョンみたいなものだ。

「週に二、三時間でいいと思うの。外に出て、自分だけのためになにかするの」

顔をこすりつけていい考えだから応援すると伝えると、お礼を言われた。ぼくは床におり、人間の話に耳を傾けて信頼を得る方法という最初の授業を仔猫たちがどう思ったか確かめに行った。

「あの子たちは？」

「寝ちゃったみたい」スノーボールの視線の先で三匹が丸まっている。

「少しは見てた？」

「あまり」

「しょうがないな。せっかくの最初の授業だったのに、だれも見向きもしなかったなんて」

「わたしは見てたわよ。すごく上手だったわ」笑っている。

からかっているのか本気なのかわからなかったので、ぼくはその場を逃げだしてふて寝をしに行った。

しばらくして目を覚ました仔猫たちが謝ってきたので、許してあげた。この子たちにはつい甘くなってしまうのもあるけど、猫は寝るのが大好きなんだからしかたない。でも、もう簡単に大目に見るつもりはない。

「授業をサボったんだから宿題を出すよ。人間から悩みを聞きだして、ぼくに教えに来ること」

「どうやるの？」ホリーが訊いた。

やれやれ、眠りこんで見ていなかったのだ。しょうがないので、ため息をこらえながら今回はあくまで初日だから、別の機会にもう一度授業をすると伝えた。けれど生徒を解散させてジョージとハナがいる隣に喜んで送りだしたときも気持ちがもやもやしていた。仔猫の学校の価値には自信があるけれど、もっとよく考えないと。ぼくはソファの日が当たるところに横たわり、考えをめぐらせた。

Chapter 6

「つまり仔猫の学校を開いて、あの子たちがパパみたいになれるように教育するってこと?」ジョージがいぶかしそうに尋ねた。

最近はジョージとふたりで過ごす時間がどんどん減っている。いまは夜で仔猫たちもやっと眠ってくれたから、夜空の星を眺めながら短いながらも一緒に過ごす時間をつくったのだ。そういう時間は貴重だ。めったにふたりきりになれなくても、ジョージとはいまでもいちばん気心の知れた仲だ。ジョージをどれだけ誇らしく思っているかしょっちゅう伝え、心配事があったらいつでも相談するように常に念を押している。仔猫が生まれてからジョージは心配事だらけで、それは父親であるぼくにもよくわかった。わが子の心配は切りがなく、それは子どもが親になっても変わらないし、ひょっとしたらそうなったあとはなおさらかもしれない。

「そうだよ」ぼくは胸を張った。訓練を受けるというアイデアに仔猫たちも乗り気で、とびきり立派な猫になれるように教わりたいと言っているし、仔猫の学校で礼儀作法が身につけばあの子たちのためになる気がする。ただ、まだ思いついたばかりだから、どうやるか決まっていない。礼儀作法が必要なのかもわからない。

「気はたしか？」ジョージが言った。

「もちろん」ぼくは傷ついた。浮かんだばかりの見事なアイデアを褒めちぎって、感謝だってしてくれると思っていたのに。

「あの子たちのことはわかってるでしょ。手に負えないし、ぜんぜん話を聞かない。まあホリーは聞くこともあるけど、いつもってわけじゃないし……」言いよどんでいる。「もちろんあの子たちのことは大好きだよ、すごくいい子だからね。でも手がつけられないし、パパだって先生なんてしたことないのに教えられるの？」表情にも声にも不信感があふれている。

「ジョージに教えたよ」いささかむっとした。幸いジョージは最初の授業で仔猫たちが眠りこんでしまったのを知らないし、これからも言わないようにスノーボールにも頼んである。

「教えたかもしれないけど、弟子にしようとは思ってなかったでしょ。そもそもなんで弟子が必要なの？」

「それは、エドガー・ロードの問題を解決したり計画を立てたりするのにこれまでずっとかかりきりだったから、あの子たちに手伝ってもらえたら助かると思ったんだ。ぼくの役目を任せられたら、本当に助かる。サポート役でいられるようになるからね」人間もやっている。経験を積むと、たいていは仕事を引き継いでもらう相手を訓練する。猫だってやっていいはずだ。

「わかったよ。でもぼくは力になれそうにない。あの子たちの心配をしたり、ハナと過ごしたりで忙しくて。ハロルドのこともあるし。ただ、あの子たちはまだ子どもで手がつけられないから、やっぱりうまくいく気がしないな。面倒なことになったりしないかな」心配しはじめている。からかわれているのかと思っていたけど、ジョージは本気で心配しているようだ。

「だからこそぼくの授業が必要なんだよ。だいじょうぶ、すべてうまくいってるから」そうとは言いきれないが、黙っていよう。

「ほんとに？」ジョージがまた茶化してきたので改めて腹が立ち、ぼくは背中を弓なりにした。

「そうだよ。ジョージが言うようにかなり手に負えないから、おとなしくさせるには時間がかかるかもしれないけど、ぼくは経験豊富な猫なんだ。いろんな経験を積んできた。少し例を挙げるだけでもジョージやピクルスを教育してきたんだから、ぼくほど適任の猫はいないよ。訓練が終わったときは、きっとぼくと同じぐらい賢くて立派な猫になってる。ジョージと同じぐらい」ぼくはしっぽをひと振りした。「そのときはぼくに感謝するよ」

「そうだね」ジョージが応え、横になって仰向けで転がりながらまた笑いだした。

「スノーボール、ぼくばかり見てないで、タイガーを連れてきてくれない？」ぼくは泣きついた。

仔猫の学校の本格的な初日。うまくいっていない。

クレアとジョナサンの家の予備の寝室でやるのがいちばんいいと思ったのは、あまり物がないから面倒なことになりにくいと期待したからだ。それなのにタイガーは唯一置かれた本棚によじ登っている。サンタはカーペットに映る自分の影を追いかけまわし、ホリーは自分のしっぽにじゃれている。だれもこっちを見ていない。ここにはさっき来たばかりなのに、もう疲れてきた。毛を掻きむしりたい気分。でもここで投げだすわけにはいかない。死ぬまでジョージにからかわれるのがおちだ。

「タイガー、おりておいで。サンタ、じっとして。ホリーも」ぼくはきっぱり告げた。

「早く」できるだけ口調を厳しくした。

ようやく言うとおりにしてくれた。

「よし、ちゃんと言うとおりにすれば、授業のあとご褒美をあげるからね」わいろを使ってしつけるのは手抜きだと言われるかもしれないけど、ほかに方法がない。

「どんなご褒美？」サンタが訊いた。

「それはあとのお楽しみ」自分でもどんなご褒美か見当もつかないが、運がよければそのうち思いつくだろう。あくまでこの子たちの行儀がよければだ。必ずそうなる保証はない。むしろ一縷《いちる》の望みに近い。

ぼくは仔猫たちが目の前に並ぶのを待った。正直言って、こんなにかわいらしい猫は見たことがない。ひいき目なのはわかってるけど好きで好きでたまらないし、この子たちの瞳ときたら……。

「ねえ、早く始めようよ」タイガーにせかされ、現実に引き戻された。

「最初の授業は人間を教育することだ」

「どういうこと？」ホリーが訊いた。

「ええと、教育には時間がかかるから、これからやるのはあくまで手始めだよ。猫はいろんなことを人間に頼ってるだろう？　ふつうは人間より猫のほうが賢いし、きみたちもおとなになればそうなるけど、それでも人間に頼ってる。なにを頼ってると思う？」

「食べ物とか？」サンタが答えた。

「うん、そうだね」

「撫でてもらったり、ちやほやしてもらったり、すごくかわいいって褒めてもらうこと」とホリー。

「うん、それもそうだ」

「いらいらしたとき引っかいてやること」タイガーが言った。

「違うよ、タイガー。いらいらしても引っかいちゃだめだ。そうじゃなくて、人間はぼくたち猫にできないことができる。しゃべったり電話をかけたりね。そういうことをしてほしいときは、人間の注意を引く必要がある」

みんなぽかんとしている。思ったとおりにはいかないものだ。

「お手本を見せてくれる？」サンタが言った。

「木に登っておりられなくなったときの話をしてあげれば？」スノーボールが口をはさんできた。この話がお気に入りなのだ。でもぼくにとっては輝かしい場面じゃなかったし、最高の思い出でもない。

「あ、その話なら何度も聞いたことがあるよ。パパが誘拐された話は？」とサンタ。

「アルフィーおじいちゃんが戸棚に閉じこめられた話は？」タイガーが言った。

「病院でつかまった話は？」ホリーがつづけた。

ため息が漏れた。たしかにどれも事実だけど、どれもれっきとした理由があってしたことだ。ただ、それはいまどうでもいい。

「ねえ。ぼくみたいな立派な猫になる方法を知りたいの？　知りたくないの？」ぼくはしっぽをひと振りした。

「知りたい、知りたい」三匹が声をそろえて頼んできたので、ようやくまともに授業を始められそうだ。

「よし、最初に身につけなきゃいけないのは人間の注意の引き方だ。ただし、いい？　ただし、あくまで本当に必要なときだけやるんだよ」

最終的にいちばんへとへとになったのがだれかはっきりしなかったが、ぼくだった気がする。スノーボールはいつのまにか昼寝をしにいなくなっていたし、仔猫たちまであくびをしているのを見て、そろそろ終わりにしたほうがよさそうだと思った。

「ご褒美をもらえる？」タイガーが訊いた。まずい、覚えてたのか。仔猫たちはけっこう頑張ったのに、ご褒美のことをうっかりしていた。急いで考えないと。

「うん。たまり場に行って、仲間の猫がいないか見てみよう」

「そんなのいつでもできるよ」とサンタ。

「でもいまはいつもと違う。ぼくとスノーボールが一緒なら、みんなで遊べるよ。タイガーはネリーと木登りすればいいし、ホリーはロッキーが喜んでかくれんぼを一緒にしてくれるし、サンタはエルビスと影で遊べる。ただ、その前にスノーボールを起こしてきてよ。これもご褒美だよ」

みんななにか言いたそうにしていたが、思い直してくれた。

「ニャー」仔猫たちに飛び乗られたスノーボールが悲鳴をあげて目を覚ましたので、思わず笑ってしまった。ぼくにとってもご褒美になったかもしれない。

そしてこれこそぼくが申し分ない教育係である証拠だ。ぼくは陽だまりで寝そべって肉球を舐めながらほくそ笑んだ。ぼくが日向ぼっこをしているあいだ、仲間は仔猫たちの相手でくたびれ果てている。そしてたまり場に来るというのはぼくのアイデアなのだ。もっともぼくだってさっきまで大変だったんだから、ひと休みしてもいいはずだ。やっぱりぼくはアイデアを思いつくのが得意で、言っておくけどどの猫も得意なわけじゃない。

ネリーは木登りするタイガーに付き添っていて、とうぜんながら高いところが怖いぼくが我慢できる高さよりはるかに上まで登っている。エルビスはサンタに、遊ぶのにいちばんおもしろい影の見つけ方を教えている。ロッキーとかくれんぼをするホリーは、いつも同じ茂みに隠れる。スノーボールは結局一緒に来なかった。仔猫たちに飛び乗られてふくれているのだ。それでも三匹ともすごく楽しんでいる。そしてぼくはお気に入りの場所で少しのんびりできる。ちょっと目をつぶってもいいかもしれない。

しばらくすると仲間が気の毒になり、仔猫たちを呼び集めて家まで送り届けることにした。仔猫の学校の初日は成功したと言えそうだ。

「また授業をしてくれる？」歩きだそうとしたところでホリーが訊いてきた。ハナの家に仔猫たちを送ってから家に帰り、自分へのご褒美として夕食を食べてから改めてのんびりしよう。終わってみれば今日はかなりいい一日だった。

「もちろん。用意ができたら声をかけるよ」疲れを癒してよく考えないと。今日は、これからの授業はもっときちんと計画を立てるべきだと思い知らされた。その場の思いつきではなく、計画を立てないと。思いつきでやると疲れ果ててしまう。

今日は人間の注意を引く方法を教えた。大声で鳴き、いざとなったら足を踏んだり前足で軽く叩《たた》いたり（ただし引っかくのはだめ）するといいと教え、人間で練習はできなかったけれどかなりうまくいった。そして理由もないのに家でやってはいけないと釘《くぎ》も刺しておいた。授業の最後を『オオカミ少年』という物語から学んだ大事なメッセージで締めくくったから、必要に迫られたときしかやらないはずだ。しっかり伝わったと思うけど、ホリーは鏡に映る自分を見てばかりいたから断言はできない。

「たしかにこの家は久しぶりに静かだったよ」出迎えたジョージがひげを立てた。

「おかげでジョージとゆっくり過ごせたわ」ハナがつづけた。「ありがとう、アルフィー」

「どういたしまして、ぼくも楽しかったよ」ぼくは嘘《うそ》がばれないように祈った。ずっと楽しかったわけじゃない。「近いうちにあの子たちがぼくを見習えるようにするからね」ぼくは鼻高々な気分で胸を張った。

「アルフィーの弟子になるのね」ハナが言った。「ジョージ、想像してみて。わたしたちの子どもが、あなたのパパと同じことができるようになるのよ」

「まあ、あまり期待しないようにしよう」そう応えたジョージをぼくはにらみつけた。仔猫たちは立派な弟子になるはずで、そうなったらぼくはいまよりゆったり過ごし、昼寝をしたりスノーボールとぶらぶらしたりできる。天気のいい日にのんびり長い散歩をしたり、エドガー・ロードの仲間と気ままに過ごしたり、ごみばこともっと会ったりイワシをもっと食べたりするのだ。

「サンタ、なんでそんなにぐるぐる走りまわってるの？」ハナの声で楽しい夢が破られた。

「アルフィーおじいちゃんが注意を引くのに効果があるって教えてくれたから練習してる

んだよ。でもちょっと目がまわっちゃった」どさりと倒れこんでいる。

みんながぼくを見ていた。

「一日で変わるとは言ってないよ」ぼくは言い訳し、これ以上文句を言われないうちにそそくさとその場を立ち去った。

クレアとふたりきりなのは久しぶりだった。無二の親友なのにお互い忙しいから、同じ家で暮らしているのにふたりきりでのんびりできることはめったにない。ソファの隣に座るクレアは大好きなドラマを観ている。天気のいい場所で家を売る人たちの話で、クレアは〝密《ひそ》かなお楽しみ〟と呼んでジョナサンがいないときしか観ない。ジョナサンは会社の同僚とサッカーの試合を観に行ったが、マットがいなくて寂しいと初めて打ち明けたのが切なかった。以前はマットと観に行ってたから無理もない。

クレアはポリー一家がいないことになかなか慣れないとよく話してくれるが、女の人のほうが男より自分の気持ちを言葉にするもので、少なくともぼくの経験ではそうだ。いずれにしても、なにが起きているのか知るのはジョナサンよりクレアから教えてもらうほうが多い。

ジョナサンが出かける前、ふたりはまたポリーの家の話をしていた。クレアは子どもたちを学校に送った帰りにグッドウィン夫妻に呼び止められ、改めて念を押されたのだ。ただ、クレアもあの家が空き家のままなのを心配している。約束を守って確認しに行っているし、いまのところ異状はないものの、いまのあの家を見るのは辛いようだ。

クレアの話だと、ポリーのほうも決断できずにいるらしい。あの家が大好きだから、早く売りに出さなければいけないとわかっていても、その気になれないのだ。それに、短期の貸しだしだと借り手がつきにくいから、貸すつもりもないらしい。ポリーの気持ちがわかる気がした。ぼくもあの家は大好きだ。猫ドア、というよりピクルスが使えるように大きめのドアに換えたあとは犬ドアと呼ばれていたものがついているけれど、ぼくもなかに入る気になれずにいる。それでも前を通るときはいまだに必要以上に長く見てしまう。あきらめるのは辛い、それだけのことだ。

「ああ、アルフィー、なにも変わらなければいいのにね」急にクレアが言いだした。振り向いたぼくの目が驚きで丸くなった。クレアが泣いている。ぼくはぴったり寄り添って慰めた。「ポリーに会えなくて寂しいの、子どもたちとピクルスにも。ジョナサンも親友のマットとサッカーに行けなくて寂しがってる。引っ越しなんてしないですめばよかったのに」

「ミャオ」ぼくもそう思う。そのとき、思いついた。「ミャオ、ミャオ、ミャオ」鳴きながらソファの上をピョンピョン跳びまわった。

「痛っ！」うっかり爪を立ててしまい、クレアが悲鳴をあげた。計画を実行するときにうっかり人間に痛い思いをさせてしまうことがあるから、じゅうぶん気をつける必要があると仔猫たちにも教えないと。次の授業はそれにしようか……いや、脱線してる場合じゃない。ぼくのアイデアをクレアに伝えるには、こうするしかない。

〝会いに行けばいいよ〟と行動で伝えようとした。そう、会いに行けばいいんだ。引っ越し先は車で二時間ぐらいのところみたいだし、うちには車がある。そのうちようやくクレアがぼくを見た。どうやら伝わったらしい。週末に簡単に行けるから、きっと楽しくなる。会いに行くと知ればポリーたちも大喜びするだろう。ただクレアにわからせるのは簡単じゃなかった。

「そうよ、いますぐポリーに電話して、週末泊まりに行ってもいいか訊いてみればいいわ。そんなに遠くないし、きっと楽しい週末になる。子どもたちもぜったい大喜びするわ」なんとか期待どおりのせりふを聞けたとき、ぼくはくたくたになっていた。

「ミャオ」よかった、ちゃんと伝わった。ただ、大事なことをまだ言っていない。ぼくはクレアの顔を舐めた。

「心配しないで、アルフィー。あなたを置いていったりしないから。アレクセイに来てもらって、ジョージとスノーボールの世話をしてもらえばいいわ。ああ、友だちに会いに行くのよ。どう思う？」一気に元気を取り戻している。

「ミャオ」最高のアイデアだと思うよ。そうに決まってる。だって、ぼくのアイデアなんだから。

Chapter 7

出かける用意をするぼくは、すっかり夢心地だった。ぼくのアイデアはとうぜん百パーセント、クレアの手柄になっているけれど、話はとんとん拍子にまとまった。そしてクレアは待ち望んでいた元気いっぱいの日々をすっかり取り戻している。

キャットシッターはシルビーとマーカスがしてくれることになった。でも何匹かは、ひとりで外泊できる年齢になっているアレクセイが泊まりに来て面倒を見てくれるだろうし、どうせスノーボールが目を光らせていてくれる。弟のトミーはアレクセイだけずるいと言うが、いくらみんなに好かれていても、トミーはなにかとトラブルを起こしがちなのだ。去年はタバコを試そうとして、危うくレストランを火事にするところだった。もしごみばことアリーがすばやく行動していなければ、レストランは丸焼けになっていただろう。そんなわけで、みんなトミーから目を離さないようにしている。本人に悪気はなくても、ちょっといたずら好きなところがともすればいささか手に負えない結果になりかねない。とにかくトミーに留守番をさせるなんてとんでもない話だ。ほんとはトミーを大好きなジョナサンも、家をがれきの山にしたくなければトミーに留守番を任せられないと言っている。正直なところ、大げさとは言いきれない。

ジョージは一緒に行けずに少し不機嫌だが、父親なんだから責任があると言い聞かせた。クレアの話だと、ポリーたちがいま住んでいる家はかなり狭く、ぼくたちがいなくてもぎゅうぎゅうらしい。子どもたちはひとつの部屋で眠り、クレアとジョナサンはヘンリーの部屋の簡易ベッドを使うようだから、ぼくも連れていってもらえるのがありがたかった。ジョージはぼくも父親であることに変わりはないじゃないかと言い返してきたけど、たとえたまに子どもっぽいことをしてもジョージはもう仔猫じゃないから面倒を見てもらう必要はない。ポリーたちに会いたいのはよくわかるから感じよくしようとしているが、わくわくしているのが表に出ないようにするのが大変だった。

仔猫たちには行儀よくしているように言い聞かせ、戻ったら次の授業をすると約束した。スノーボールは行けなくても気にしていない。留守番を歓迎し、仔猫たちのことは任せてと言ってくれた。そんなわけで、出かける用意をするぼくは楽しみでしかたなかった。そばですねているジョージに悪い気はするけれど、気持ちが高ぶってあまり気にする余裕がなかった。

気持ちが高ぶっているのはぼくだけじゃない。トビーとサマーは大喜びでぴょんぴょん跳ねまわり、荷造りをさせようとするクレアを手こずらせている。いらいらしはじめたクレアはそのうちくたくたになり、最後にはまた腹を立ててかわりに荷造りをしていた。ジョナサンはまだ仕事から戻っていないが、帰ってきたときはみんなで車に乗って出発するだけになっているだろうから、こんな大騒ぎに耐える必要はない。これはクレアの役目で、ぼくに言わせれば、ストレスの多い重要な仕事をしている点はジョナサンと同じだ。家族に何事もないようにいつも目を光らせているぼくの役目にもちょっと似ている。楽な仕事じゃない。

いざ出かけるときは、たった二日間でもスノーボールと離れ離れになるのが少し寂しかった。スノーボールはたくさんの変化を経験してきた。最初の家族と引っ越し、エドガー・ロードに戻ってからハロルドと暮らし、ハロルドがホームに入ったあとはぼくの家で暮らすようになった。ずっと一緒にいられるようになったのはすごく嬉しいけど、環境の変化に何度も慣れなければいけなかったのは大変だっただろう。スノーボールはだいじょうぶだと言ってるし、実際そう見えるけれど、やっぱり気になる。

「きみも行けたらよかったのに」これを言うのは何度めだろう。クレアはスノーボールとジョージも連れていこうとしたが、ジョナサンが正気の沙汰じゃないと反対し、ぼくを連れていくことまで反対しそうになった。ぼくの楽しみに水を差しがちなジョナサンを、どうしてこんなに好きなのかわからなくなることがある。ともあれ、ぼくに会えばポリーも元気が出るとクレアが言い返し、頑として譲らなかった。もちろんポリーだけでなくみんな元気が出るはずだ。そういうわけでぼくだけ連れていってもらえることになった。それにいくら猫の家族が大好きでも、ぼくだけで人間の家族といられるのが楽しみだ。家族が多すぎて、みんないつもせかせかしているから、この週末を目いっぱい楽しもう。たとえスノーボールたちを置いていくのが気がかりでも。たった二日のあいだにまずいことが起きるはずがない。

もうそのことは考えないようにしよう。アレクセイがいてくれれば、最悪の事態にはならないだろう。ぼくは身震いしながら不吉な予感を懸命に振り払った。

「ほんとにひとりでだいじょうぶ？」ぼくは訊いた。

「だいじょうぶよ。それにどうせひとりでいる時間はほとんどないわ。アレクセイが来るならコニーも来るでしょうし、仔猫たちの相手もあるし、ジョージは間違いなく置いてきぼりになった不満を言いに来る。むしろけっこう忙しくなりそうだから、あなたがいなくてもきっと寂しがってる暇はないわ」

ぼくはむっとした。

「ぼくが恋しくなる暇ならいくらでも見つけられるよ」ぼくはしっぽをひと振りした。

キャリーに入ったままでの移動にはかなり時間がかかった。少なくともぼくはそう感じた。キャリーなんて分別あるおとなのぼくには必要ない気がするのに、移動のときは必ず入れられる。子どもたちとシートに座っていてもよかったのに、そうさせてもらえないしこちらの気持ちを伝えるのも無理だったので、我慢するしかない。少なくとも毛布はあるから居心地は悪くないけれど、車のなかしか見えない。キャリーをはさんで座っているサマーとトビーは、ぼくにはどうでもいいように思えることで喧嘩《けんか》ばかりしている。運転担当のジョナサンは、たまに、というかしょっちゅう腹を立て、その横でクレアは車内の平和を保とうとしている。途中で道が混み、車のスピードが落ちたときは全員がちょっとうんざりしていた。家族みんなとの車での移動は、正直あまりリラックスできない。やっぱりキャリーのなかにいて正解だったかもしれない。

目的地に着いたときはだれがいちばんほっとしたのかわからなかったが、ようやくキャリーから出て脚を伸ばせた。ポリーたちが住んでいる二階建てのテラスハウスは一時的な家と聞いていたけど、こぢんまりとしてはいても悪くなかった。でも、前の通りはエドガー・ロードと違って個性が乏しい。猫はいるんだろうか。もっとも新しい友だちをつくる時間はないから、元からの友だちに会えればいい。

玄関を壊しそうな勢いでトビーとサマーがノックすると、さっとドアがあいてポリー一家が現れ、大騒ぎになった。みんなの脚のあいだをすり抜けてピクルスを探しに行くと、玄関に近づこうと興奮してふんふん鼻を鳴らしていた。ぼくたちは熱い挨拶を交わした。

「すごく会いたかったよ」ピクルスがぼくのにおいを忘れたみたいににおいを嗅いできた。「こっちの猫はアルフィーたちの半分もやさしくないし、もうほかの家にも行けないんだ」悲しそうだ。「ほんとに寂しくてしかたないよ」床に寝そべってつぶらな瞳で切なそうに見つめられると、かわいそうになった。どうにかしてあげたいけど、できないのはわかっていた。

「でも、少なくともピクルスが大好きな家族はそばにいるよ」ぼくは声に精一杯の熱意をこめた。「それに、ぼくが来たんだから、近いうちに今度はピクルスがうちに泊まりに来られるよ、きっと。学校が休みになったら子どもたちを連れて泊まりに来るって、たしかポリーが言ってた」そうなるように祈ろう。

「そうなったら楽しいだろうね。それはそうと、もうおやつの時間かな」

ピクルスはいつも食べ物に気を取られてしまう。猫にはない、こういう犬の無邪気さも好きだ。猫のほうがはるかに優れているけれど、だからってやさしくできないわけじゃない。本当に仲がいい犬はピクルスだけだとしても。

その夜、ぼくはソファに座るポリーの膝でゆったりくつろいでいた。子どもたちは二階で遊んでいて、ジョナサンとマットはパブへ出かけた。マットがしばらく外で飲んでいないと言ったからでもあるけど、この家はたしかに全員がそろうと狭苦しいのだ。クレアとポリーはワインを飲みながらお互いの近況を話している。ポリーはぼくを撫でながらも、ちょっと悲しそうだ。ぼくは身じろぎしていちばんくつろげる体勢になった。

「慣れるのに時間がかかるのはわかってたの。でもエドガー・ロードの暮らしはほんとに最高だったから」ポリーが言った。「あの家、あなたたち。とにかくなにもかも恋しくてしかたないのよ」撫で方でしょげかえっているのが伝わってくる。

「学校はどうなの？」クレアの声がかすれている。ポリーを元気づけようとしているが、元どおりの暮らしに戻れたらどんなにいいかと家族全員が思っているのはみんなわかっていた。

ピクルスはクレアの隣で寝そべっている。クレアはピクルスのふたりめのママなのだ。こうしてここにいるだけでいろんな感情が押し寄せてくる。

それでもぼくはすごく恵まれているのだ。ポリー一家は引っ越してしまったけれど、会いに来られた。これまでにはぼくたちの暮らしから永遠に消えてしまった相手もいたけれど、ポリーたちは違う。元気を出そう。きっとだいじょうぶ。回数は減っても、会えないわけじゃない。いずれ前向きな気分になれるから、クレアたちも前向きになれるようにしてあげよう。それがぼくの役目なんだから。

「子どもたちはわりとうまく落ち着いてきてるわ。知ってのとおりマーサはのんびりした性格だから、どこに行ってもだいじょうぶだし、ヘンリーもおどおどしない性格だから友だちができやすいの。それでもふたりともいまだにエドガー・ロードに帰りたがってる。ああ、ごめんなさいクレア、でもわたしもほんとは帰りたいの」きれいな顔に涙の筋ができている。

「マットはどうなの？」

「新しい仕事を気に入ってるわ。ただ、彼も苦労してる。こっちには友だちがいないし、わたしも少し仕事をしてるけど、あなたがいないと家事との両立が大変で、いつも疲れてるの。ベビーシッターもまだ見つからないし、ずっと住む家もまだ決まらない」ポリーが口を閉ざして涙をぬぐった。ふたたびぼくを撫ではじめた手が湿っていたので、ぼくはできるだけぴったり寄り添ってあげた。「ごめんなさい、でもエドガー・ロードではすごく恵まれていたから。あなたがなにかと手を貸してくれた。仕事を減らすしかないかもしれないとマットに話したら、自分がもっと稼ぐから減らしてもかまわないと言われたけど、そういう問題じゃない気がするのよ。ああ、もうわからない。惨めな気分。昨日フランチェスカに電話したら、無性に涙が出てきたわ。エドガー・ロードが恋しいけど、時間が解決してくれるのを待つしかないんでしょうね。それにあの家もどうにかしないといけないのに、いまは考える気になれないの」

「ミャオ」こんなに落ちこんだポリーを見るのが辛い。ポリーには友だちをつくってほしい。ピクルスも。ただ、ぼくたち猫と違って、犬が友だちをつくるのは簡単じゃない。なにしろ猫は犬より自由だ。知性に恵まれている猫は人間抜きで外出できるけど、悲しいことにピクルスを含めて犬はできない。ひとりで出かけられないなんてぞっとする。とんでもない話だ。

「なにかに参加してみたら？　ＰＴＡとか」

「そうね。完璧なママをやるのは苦手だけど、なにか探してみるわ。ランニングを始めランニングクラブに入ってもいいし」笑っている。

「ランニング？　あなたが？」クレアも笑いだした。ピクルスは考えただけでぞっとしているようだが、脚がかなり短いからしかたない。

「まあ、学校のバザーで手づくりケーキを売るほうがまだましでしょうね」ポリーがそっとぼくを膝からおろしてワインを取りに行った。いくらポリーの膝に乗るのが好きだろうと、ピクルスのこともかまってあげないと思い、隣に行って寄り添っているうちに、うとうと眠ってしまった。

週末はおおむね楽しかった。ジョナサンさえ少しリラックスしていて、ヘンリーのサッカーの試合をみんなで観に行ったときは、だれかに抱っこされていればぼくも一緒に行っていいことになった。とうぜんながら、生徒たちはぼくを見て大喜びしていた。ピクルスもいたけど、猫はふつうサッカーの試合には来ないらしく、珍しがられた。ちやほやされて、ぼくは大得意だった。ヘンリーは夢中でぼくをチームメイトに紹介し、マーサもぼくを友だちに会わせた。

そのあと家に帰ってランチを食べてからは、みんながボーリングをしに行くあいだピクルスと留守番させられた。どうやらボーリング場には猫も犬も入れないらしい。別にかまわない。ピクルスと一緒にいるのも悪くない。かくれんぼをしたけど、かなり小さな家なので隠れるところはたいしてないし、そもそも丸々したピクルスが隠れられるほど広い場所があまりなかった。エドガー・ロードの仲間についてあれこれ話し、最近あったことも伝えた。ぼくをひとり占めできるのが嬉しいらしく、話しているうちにピクルスはどんどん夢中になった。ぼくは仔猫たちやジョージの話もした。

「でもぼくのことは仔猫の学校に入れてくれなかったじゃない」不満そうだ。たしかにそうだけど、それはピクルスがもういなかったからだ。それにピクルスは犬だ。

「最近思いついたんだよ」嘘じゃない。「まだ始まったばかりだし、そもそもピクルスは仔猫たちほど手がかからなかったよ」これは事実とは言いきれない。手はかかった。たしかにピクルスは一匹だからましだったけど、それでも仔猫一・五匹分くらいは手がかかったと思う。ジョージに訊けば、もっとかかったと言うだろう。

「ジョージに会いたいよ」ピクルスがぼくの心を読んだようにつぶやいた。すでに会いたい相手全員の名前をあげてきたのに。一度ならず。

「学校が休みのときに泊まりに来れば会えるよ」ぼくは慰めてやった。ゆうべポリーが次の休みにしばらくみんなでエドガー・ロードに来ると話していた。マットが仕事を休めなければ、週末だけ来ればいい。ポリーはそれまでエドガー・ロードの家をいまのままにしておくとさえ話していたが、問題を先送りにする言い訳になるからだろう。

ポリーたちが帰ってくるのは嬉しいけど、ぜったい大騒ぎになる気がする。子どもたち、ピクルス、仔猫たち。やれやれ、立ち向かうにはかなり体力がいりそうだ。ただ、うちに泊まるわけじゃなく、前住んでいた家で過ごすだろう。

それで思いついた。以前も言ったように、ポリー一家が引っ越してからあの家に入る気になれずにいたけれど、だれもいないんだからスノーボールと静かに過ごすにはうってつけだ。しっかり考えてみよう。そうすればあの家に目を光らせていられるし、もしクレアがその気になれないなら、サーモンとグッドウィン夫妻が心配しているタイプの人間が入りこまないように、かわりに気をつけることもできる。自分で言うのもなんだけど、なかなかいいアイデアだ。近いうちにポリー一家が戻ってくるならなおさらだから、それまで定期的に確認しておけばいい。いわば番猫みたいなものだ。

「そのときは仔猫の学校に入れてくれる？」ピクルスが訊いた。

「お休みの日に授業をやるかわからないな。でもやれば入っていいよ」実際やる気がする。なにしろ仔猫たちをぼくみたいにするには教えることが山ほどあるのだ。年内は毎週やらないといけない気がするほど。

「お願いだからやってね」ピクルスがねだった。

「どっちにしても、ピクルスのために仔猫の学校の特別授業をやるよ」ぼくは体をすりつけてあげた。ピクルスが喜ぶと、ぼくも嬉しい。友だちがいなくて寂しがるピクルスを元気づけてあげたい……。

いつのまにかうたた寝していたらしく、変な音で目が覚めた。とっさに自分がどこにいるかわからずにいると、お尻を宙ぶらりんにしているピクルスが見えた。食器棚に入ろうとして、はさまったのだ。どうすればあんなことになるんだろう。ため息が漏れた。

「ウウー」ぼくに気づいてもらおうとしている。

「だいじょうぶだよ、ピクルス。すぐ出してあげる」ぼくはそう声をかけ、また助けに行った。

世話役のぼくなしで、ポリー一家はどうやって緊急事態に対処しているんだろう。これが最大の心配のひとつだ。本気で心配している。ピクルスがいるからなおさらだ。

ぼくたちが帰る時間になると、どんより沈んだ雰囲気になった。クレアとポリーは休みの計画をいろいろ立てたが、別れの挨拶をしながら泣いていた。トビーとヘンリーはお互いに相手がいないのがどんなに寂しいかや、同じ学校に通えればいいのにと言い合っていた。抱き合う姿は微笑ましいと同時に涙を誘った。サマーとマーサははるかに素直に別れを受け入れていたが、このふたりはもともとそうなのだ。それでも学校が休みになったら一緒になにをするか楽しそうに話していた。ジョナサンとマットは男なのを変に意識してか感情を表に出さずにいるが、本当は別れるのを残念がっていたし、ピクルスとぼくはかなり感情を表に出す別れ方をした。

「アルフィーのことはずっとパパだと思ってるからね」ピクルスが言った。

「うん、ピクルスもずっとぼくの子どもだよ」胸がじんとなった。ピクルスは犬かもしれないけど大好きだし、いまでもエドガー・ロードにいてくれたらと思わずにいられない。

「それにぼくは猫だからね、だれがなんと言おうと」ピクルスがつづけた。

「そうだね、ピクルスは猫だよ」またピクルスの夢をくじく気になれなかった。ピクルスは猫じゃないと何年も言い聞かせているのに、いまだに納得しないならそう思わせておくしかない。

帰り道、ゲームをするサマーとトビーの声をキャリーのなかで聞いているうちに、ジョナサンがまたしても渋滞に文句を言いだした。やがてトビーとサマーも喧嘩を始め、クレアがお菓子と険しい口調でみんなをなだめようとするのをぼんやり聞きながら、ぼくは楽しかった週末を思い返していた。わが家で待っているみんなに会うのが心から楽しみな一方で、もうひとつの家族と過ごした時間は本当に楽しかったと改めて思った。やっぱりぼくは恵まれている。

Chapter 8

家に着いたときはもうかなり遅い時間になっていたのに、スノーボールはどんな週末だったか聞きたがった。ぼくがいないあいだ、かわりにみんなに気を配ってくれていたジョージも話を聞きに来た。ジョージはぼくに対してはいまだに少し不機嫌な態度で、ポリーたちがどうしているか知りたいだけだと言ったけど、ぼくは嬉しかった。

ぼくはありのままを語りながらも、どれだけ楽しかったか自慢げに聞こえないように気をつけた。だからピクルスがかわいそうだったことやジョージに会いたがっていたこと、ポリーとマットと子どもたちの話に的を絞った。すごく楽しい週末を過ごしたと話すより無難な気がした。

「それで、こっちはどうだったの？」肉球を舐めながら尋ねた。

「仔猫たちはどんどん手に負えなくなってるってアレクセイが言ってたわ。あの子たち、ここに泊まってたアレクセイにずっとまとわりついてたの」スノーボールが答えた。

「なんで？」

「仔猫の学校の復習をしてたみたいだよ」ジョージがぼくの目をじっと見つめた。

「アレクセイはどうしてあの子たちが体によじ登ってくるのか理解できなくてコニーを呼んだんだけど、コニーも同じ目に遭ったの」スノーボールがつづけた。

「そのあとは、扉があけっぱなしになってた食器棚の上の棚まで登ったタイガーがおりられなくなって、アレクセイはあちこち探しまわったあげく、フライパンのなかにいるタイガーを見つけたんだ」ジョージが話を広げた。

ぼくはすばやくふたりに視線を走らせた。

「ええ。ホリーはなぜかサマーの服にからまったのよ。ほんとに着てるみたいに見えたけど、服に潜りこんで出られなくなっただけだったわ」とスノーボール。

「結局コニーが助けてくれたけど、それまでは服が床の上を動いてるみたいだった」

ぼくはジョージを見た。なんだかぼくに責任がある気がした。

「そうそう、サンタはガラスに映る自分をよその猫と勘違いした。こないだパパに注意されたのにね。飛びかかって、オーブンの扉にぶつかったんだ。大きな悲鳴をあげたもんだから、アレクセイはとんでもないことが起きたと思いこんだ。結局、電話をもらったマーカスが仔猫たちを隣に連れて帰ったよ」

「そうなの？」ぼくがそばで見張っていないとこうなるのだ。

「ええ、アレクセイはショックでまいってしまって、コニーは普段はここまでひどくないと言ってたけど、理由はあなたもわかるわよね」スノーボールが言った。

「サンタは無事なの？」ぶつけた頭はだいじょうぶだろうか。

「しばらく頭がずきずきしたみたいだけど、もう元気にしてる。そうだ、パパ、みんな明日の学校をすごく楽しみにしてるよ」

「もう来たの？」ぼくはいくらかこわばっている脚を伸ばした。ぐっすり眠ったはずなのに、まだ起きる気になれない。まだ早すぎる。でも出かけたせいで普段より体を休める必要があるだけだろう。

「いつ授業を始めてもいいわよ」ホリーが言った。休ませてもらえそうにない。

「週末のあいだ、みんなずっと復習してたんだよ。ぼくはコニーの気を引くたびに食べ物をもらえるようになったんだ」サンタが誇らしそうだ。

「必要なときしかやっちゃだめだって言ったよね」ぼくはもう少し脚を伸ばした。「緊急事態か、だれかを助けるときしかやっちゃだめなんだよ」せわしなくていろんな気持ちになった週末を過ごしたばかりだから、今日は仔猫の学校をやる体力が残っていない。ジョージとスノーボールから聞いたことを問いただすつもりだったが、訊くまでもなさそうだ。「だって、食べ物が欲しくて緊急事態だったんだよ」サンタが反論してきた。「パパから聞いたかもしれないけど、ぼく頭をぶつけたんだ」なるほど、自分から話すつもりらしい。「ジョージはどこ？」ぼくは話題を変えた。とりあえずひとつ技は学んだようだ。たとえ使い方を間違っていても。

「うちにいるよ、ママと」タイガーが答えた。「一緒に朝ごはんを食べたあと、おじいちゃんを起こしに行くように言われたんだ。スノーボールは散歩に出かけたから、ぼくたちだけだよ」

「それはなにより」ぼくはしぶしぶ起きあがり、授業をやらされる前に朝食を食べに行った。食器の中身が減っていて、仔猫たちに目を向けると全員が視線をそらせた。ぼくはわずかに残ったフードを平らげ、仔猫たちに立ち向かう前に毛づくろいを始めた。しっかり食べたければもっと早起きするしかなさそうだ。それと、ほかの猫のごはんを食べてはいけないことも授業に加えよう。

昨日帰る車のなかで考えた今日の授業は、やさしさについてだ。当初仔猫たちはひどく不満そうでつまらないと文句たらたらだった。やさしくするのは退屈だと思っているようなので、やさしさには魔力があると言い聞かせた。集中するとアイデアを思いつく自分に我ながら感心してしまう。

「ほんとの魔力？　魔法で魚を出せるみたいな？」ホリーが訊いた。

「それとはちょっと違う」ため息が漏れた。今日も長くなりそうだ。「むしろ心で感じる魔力だよ」

やさしさの授業のメリットは、やさしくしたりされたりしたときのことをほぼ一方的にしゃべればいいことだった。その手の経験ならいくらでもある。デメリットは仔猫たちの眠気を誘ってしまったことだ。ただ、ぼくもひと眠りできたからメリットにもなった。デメリットは、目覚めた仔猫たちがいっそう元気になっていたことだ。

「校外学習にしよう」ぼくは言った。

幸いスノーボールも戻っている。行き先の目星はついていなかったが、ふとポリーの家へ行くつもりだったことを思いだした。これはご褒美にするつもりだったけど、いつもと違う場所に行けば仔猫たちも退屈しないかもしれない。こうなったら行くしかない。そうしよう。空き家だからいい遊び場所になるかもしれない。なにもない家のなかを走りまわれば、いくらかエネルギーを発散してくれる可能性もある。そもそも空き家ではなにも壊しようがない。

いや、どうかな。あまり深く考えないでおこう。

「ほんとにいいアイデアだと思ってるの？」ポリーの家の猫ドアから仔猫たちを入れたぼくに、スノーボールがささやいた。

「思ってないよ。でもどうせ、様子を見に来るつもりだったんだ。空き家のままなのをグッドウィン夫妻がよく思ってないってサーモンにしつこく言われてるし、そのせいで隣人監視活動の集会に呼びだされてるから、あの家になにも問題はなくて、サーモンが想像する悪人がいないことを確認しても損はないよ」ぼくはささやき返した。「ポリーたちは学校が休みになったら戻ってくるつもりなんだから、なおさらだ」

ゆうべポリーたちの家から帰ってきたあと、クレアの気を楽にするためにジョナサンが空き家をのぞいてきた。でもジョナサンのことだから、たぶん玄関をあけてその場からざっとなかを見ただけだろう。だからきちんと務めを果たすのはぼくしかいない。

ぼくたちが番猫みたいなものになればいい。ただ責任が重すぎるからずっとじゃない。そもそもなにも起きそうにない。ジョナサンは念入りにチェックしたわけじゃないだろうけど、だれかいたら追い払ったはずだ。

空き家になった家のなかにいるのは変な気分だった。猫ドアからこのキッチンに入った日々のことは思いださないようにしよう。ポリーと子どもたちがテーブルを囲み、ピクルスはみんなの足元で床を舐め、マットはカウンターに寄りかかってコーヒーを飲んでいた。にぎやかな音、楽しそうにおしゃべりする声、ぼくをちやほやしてくれたこと……ぼくはまばたきして悲しみを払いのけた。

前向きに考えよう。この週末はみんなに会えたんだから。それにもうすぐ夏でよかった。さもなければだれもいない家のなかは薄暗くて寒かっただろう。キッチンをぐるりと歩くあいだに仔猫たちははしゃいでほかの部屋へ行ってしまったので、ぼくはゆっくり家じゅうを見てまわった。家具がないとやけに広く感じられるのが辛かった。リビングでは、子どもたちとしょっちゅう転げまわっていたカーペットの一画が目にとまり、だれも住んでいない家はなんでこんなに悲しそうに見えるんだろうと思った。家にも感情があるんだろうか。きっとぼくは頭がどうかしてきたんだろう。

リビングとつながるダイニングルームは、ポリーが仕事をしたり子どもたちが宿題をしたりする場所だったのに、みんなが使っていた大きなテーブルもうない。ああ、ほんとに寂しい。会ったばかりなのに、空っぽになった家であの一家の存在を感じるのが不思議だ。とぼとぼ二階へ行くと、タイガーとサンタがヘンリーの部屋で遊んでいた。ここも空っぽで、ロボット柄のカーテンだけ残っている。もう子どもっぽい柄を喜ぶ歳じゃないから置いていったのだ。ホリーがいるマーサの部屋も空っぽだったが、そこらじゅうピンクだった。ホリーは壁に映る自分の影を追いかけている。ぼくはマットとポリーの寝室へ向かった。

「会ったばかりなのに、戻ってくればいいのにと思わずにいられないよ」ぼくは言った。だれでもそうだと思うけど、もともと変化は好きじゃない。ただ歳を重ねるにつれて、どんどん辛くなる気がする。

「わかるわ、アルフィー。わたしだっていまだに前の家族に会いたいし、いまはハロルドに会いたい。マーカスはジョージとわたしをホームに連れていくと言ってくれてるけど、まだ許可が出ないの。マーカスはハロルドが元気になって日帰りで戻れるか、せめて自分の家に来られればいいと思ってるけど、どうなることか……」スノーボールがため息に聞こえる声を漏らした。

「ごめん、自分勝手なことばかり言って。だれかを恋しく思ってるのは自分だけじゃないって、つい忘れてしまうんだ。みんなが帰ってこられるようにできればいいのにね」

「わたしもそう思う。でもさすがのあなたもこればっかりは無理よ」

そうかな。できる気がする。なにも思いつかないからいますぐは無理かもしれないけど、そのうちやってみせる。アイデアを思いつくのは得意だし、集中すれば――。そのとき、ふと思いついた。

「うん、でもぼくはついてる。ポリー一家には週末に会えたからね。やっぱりぼくたちで行動を起こさなきゃ。ハロルドはきみとジョージに会いたがってる。マーカスがルールを破るのをいやがってるなら、きみたちだけでこっそり入れるようにしたらどうかな」

「本気？　どこかに忍びこんじゃだめって、いつもジョージに言い聞かせてるくせに。病院でのこと、忘れたの？」

「覚えてるよ。ぼくが台無しにするまでジョージがいいことをしてたのも覚えてる。きみとジョージを忍びこませるのは難しいかもしれないけど、ジョージだけならきっとうまくいく」

「どうやるの？」

「マーカスはホームに行くとき、家族そろってのときもあればひとりのときもあるよね。シルビーがひとりで行くこともあるし、クレアも週に一度通ってる。よく考えてみよう。みんなバッグを持っていく。ハンドバッグやハロルドに届けるものを入れたバッグを。だからそういうバッグにジョージが潜りこめば、たぶんホームに着くまで気づかれないよ」

「でもジョージはけっこう重たいから、気づかれないとしたらシルビーが行くときだけよ。本と焼き型に入れたままのケーキを持っていくから」

「そうだね。だとするとマーカスが一緒に行くときがいちばんいいかも。バッグが普段より重いことになんか、ぜったい気づかないから。クレアやシルビーは気づくからね」蒔《ま》かれた種から生まれたアイデアがどんどんふくらんでいく。うまくいきそうだ。ジョージのためにみんなでやればできる。ハロルドに会えたらジョージはどんなに喜ぶだろう。ハロルドもジョージに会えば元気が出るはずだ。きっとすごくいいアイデアになる。

「仔猫たちにはなんて言うの？　真似されたらどうするの？　どこかに忍びこんでもいいと知ったら大喜びするだろうから、真似されたら大変よ」スノーボールに言われるまでうっかりしていたけれど、それでもやるしかない。それもすぐに。でもスノーボールの心配ももっともだ。忍びこむのをぼくが認めたら、仔猫たちはぜったい勘違いする。名案が浮かんだ。

「あの子たちには実験だって言うよ。トミーが科学室を吹き飛ばしそうになったときみたいな」

「火事にならないように祈りましょう」スノーボールがつぶやいた。

「そんなことにはならないよ。見学に来てもいいとは言うけど、おとなの猫しかやっちゃいけないことだから、仔猫の学校を卒業するまでやろうとしちゃだめだって言い含めておく」

「おとなしく言われたとおりにするかしら」

いはずがない。

だって先生はぼくなんだから。しかもおじいちゃんでもある。ぼくの言いつけを守らないはずがない。

なんといってもぼくは楽観的な猫なのだ。

思いついたばかりのアイデアについて話し合っているうちに、退屈した仔猫たちが探しに来た。

「変なにおいがしない？」帰ろうとしたとき、ホリーがふんふんあたりのにおいを嗅いだ。

ぼくは周囲を見渡した。

「スノーボール、洗濯物をほったらかしにしたまま忘れていくなんて、ポリーらしくないよね」洗濯機の横に服らしいものが小さな山になっている。ぼくはにおいを嗅いでみた。

ポリーのにおいじゃない。振り向いてあたりのにおいを嗅いだ。ホリーが言ったとおりだ。

猫みたいなにおいだけど、ぼくたちじゃない。クレアが洗濯物を持ちこんだものの、洗う暇がなくて置きっぱなしにしたんだろうか。それともポリーが置いていっただけなのか。

ポリーはきれい好きだからやりそうにないけれど、ぜったいやらないとは言いきれない。

それとも空き家になってから残っていたピクルスのにおいが変わったのか。すぐクレアに来てもらったほうがよさそうだ。埃《ほこり》っぽいし、空気がちょっとよどんでいる。ぼくは改めてあたりを見渡した。だいじょうぶ、やっぱりおかしなところはひとつもないから、サーモンに伝えて安心させてやろう。

「これからやさしさを行動に移すよ」あらゆることを授業にできるのが楽しくなりだした。

「どうやって？」

「サーモンに会いに行く」

「えー、サーモンになんか会いたくないよ」サンタがぞっとしている。サーモンにしょっちゅうお説教をされている仔猫たちは、お返しにサーモンをからかうのを楽しんでいる。

「いっつも叱られるんだもん」タイガーがつづけた。

「うん。だから練習相手にもってこいなんだ」ぼくはにやりと笑って歩きだした。

サーモンは自分の家の庭に座っていた。まるでエドガー・ロードを監視してるみたいで、実際ほんとに監視しているんだろう。

「やあ、サーモン」ぼくは明るく声をかけた。

「ああ、アルフィーか」サーモンがいつもの不審そうな顔を向けてきた。ぼくは仔猫たちを軽く押して前に進ませた。

「元気？」ホリーが尋ねた。よし、百点満点をあげよう。

「元気だが？」不審そうな表情が薄まっていない。

「今日はすごくかっこいいね」サンタが言った。この子にも百点満点。

「そうか？　それはどうも」声が少しうわずっている。

「もう悪者をつかまえた？」タイガーが訊いた。ぼくはしっぽをひと振りしたが、サーモンは気をよくしたらしい。

「よくぞ訊いてくれたな。向かいの四十二番地で怪しい動きがあるんだ」前足をあげている。

「怪しい動きって？」とタイガー。

「道具箱を持った男が入っていった」サーモンが答えた。「でもだれにも言うなよ、そいつはまだ出てきてないからな」仔猫たちが身を寄せ合っている。ぼくとスノーボールはすばやく目配せしあった。どうせ届け物に来た配達員を見ただけだ。

「でも、少なくともいちばん頼りになるサーモンがいてくれるから、ぼくたちは安全だね」タイガーが意外なせりふでみんなを驚かせた。一気にクラスでいちばんだ。

「そうね。いつもありがとう、サーモン」ホリーが言った。

「サーモンのおかげで安心していられるよ」サンタが話を締めくくった。

「じゃあ、そろそろ行こうか」ぼくは言った。やさしくしてサーモンを持ちあげるのにも限度がある。でもサーモンはやけに嬉しそうだったから、やっぱりやさしさには大きな効果があるのだ。

　ぼくがひとりの時間を持てるようにスノーボールが仔猫たちを隣に送っていってくれたので、ジョージを探しに行った。ジョージはハロルドの家で、庭に面した窓の縁に乗っていた。ハロルドと最初に会った場所だ。ぼくは改めてかわいそうになった。わが子をいつも守ってやれたらどんなにいいかと思うけど、できないのはわかっている。

「ハロルドに何度もうせろって言われたよね」ぼくは声をかけた。

「うん。でも本気じゃなかったんだ。それにぼくのことが大好きだったよね」

「ジョージ、いまも大好きだよ。過去形なんか使っちゃだめだ」

「とにかく気に入らないんだ。タイガーママが恋しい。ポリーたち家族が恋しい。ピクルスさえ恋しいのに、今度はハロルドまでいなくなっちゃった。遠くに行ったわけじゃないけど、会えないことに変わりはないもの」

「それは違うよ、ぼくにアイデアがある」

　ぼくたちはハロルドの家の庭にいた。もう新しい住人がいるから危険は承知だった。若いカップルで、家にいたためしがないのでほとんど見かけないし、少なくともこれまでぼくたちが様子を見に来たときはいなかった。だからたぶんだいじょうぶだろう。それでも念のために茂みに隠れていた。新しい住民がいると、ハロルドが戻らないのが決まったみたいでジョージはいっそう不安になっているが、クレアたちの話だと戻ることはないらしい。どうやら一生ホームで世話をしてもらうしかないそうだ。でも、いまその話をする必要はない。歳を重ねるのは、人間にとっても猫にとっても深刻な問題なのだ。幸いぼくはいまも若いころにできたことはたいていできるが、以前ほど機敏に走ったりはできない。睡眠時間も長くなった気がするものの、もっと寝たいだけかもしれないから断言はできない。

「じゃあ、今度シルビーとマーカスがハロルドに会いに行くとき、ぼくがバッグに潜りこめるようにしてくれるの？」

「うん。いつ行くか知ってる？」これでぼくにまだ見事なアイデアを思いつけるって、わかったはずだ。

「今度の週末だよ。テオは風邪を引いてるからクレアが預かることになってるし、コニーは合宿して勉強するとかで、シルビーとマーカスだけで行くみたい」

「ちょうどいいね、テオがいないほうがばたばたしないもの。任せて、具体的な計画を立ててあげる。スノーボールとハナにも手伝ってもらおう。もちろん仔猫たちにもね」ぼくはとぼけた顔で肉球を舐めた。

「仔猫たち？　本気なの？　めちゃくちゃにされるよ」

「だいじょうぶ、これは予習でもあるんだ。ジョージと一緒にバッグに入る気にならない程度に手伝わせるから。トラブルも起こさないようにする。心配しないで。こつはわかってる」

「ほんとに？　あの子たちが関わると、とうていうまくいくとは思えないよ」しっぽを震わせている。

「まあ見ててよ」ぼくにはうまくいく自信がある。それでも念のためにこっそり祈っておいた。

　いざとなると計画を進めるのはけっこう大変だった。仔猫たちはひっきりなしに気が散って話を聞こうとせず、わかっていたこととはいえ、仔猫の学校は出だしからいつもと変わらなかった。それに笑いすぎてしっかり話を聞いていられないスノーボールには同じ説明をくり返すはめになったが、そのうちなんとか計画を実行する準備が整った。少なくともいまできる限りの準備は。

土曜の朝、あたりが明るくなってくると、ぼくは不安まじりの期待にとらわれた。なによりもジョージのために成功したいけど、同時にいまでもちゃんと立派な計画を実行できるところを仔猫たちに見せ、口で言ってるだけでなく本当なんだと証明したい。失敗したら、あの子たちはもうぼくの話を聞こうとしないだろうし、ジョージはふてくされてスノーボールにはずっとからかわれるだろう。

よかったのは、仔猫たちは学校で教わったことをいくらかできるようになっていたことだ。ただし、ぼくがしっかり監視していればだけど。シルビーとマーカスはもう持っていくバッグに荷物をまとめたから、あとは仔猫たちがふたりの気を散らしてジョージが潜りこめるようにすればいい。すばらしい、失敗しようがない。あの子たちに得意なことがあるとすれば、気を散らすことなんだから。楽勝だ。

でもまずいことに、マーカスとシルビーはすでに気もそぞろな状態で、不安になった。テオがぐずっているから出かけるのをやめるつもりかもしれない。クレアが自分が面倒を見るからだいじょうぶと安心させているが、テオはだれといても機嫌を直しそうにない。するとテオがサマーとトビーと遊びたいと言いだしたので、ほっとした。でもテオがいなくなったと思ったら、今度は仔猫たちが出番を待ちくたびれてどこかへ行ってしまっていた。探しに行ったハナに三匹が連れ戻されたのは、マーカスがまさに肩にバッグをかつごうとしているときだった。助けに行こうか迷ったが、ぼくは指導する立場で、今回はいちいち手を出すべきじゃない。幸いタイガーに目配せすると、マーカスに駆け寄って胸に飛びついてくれたので、驚いたマーカスがバッグをテーブルに置いた。

「ごめん、今日は連れていけないんだよ、サンタ」

サンタが飛びついてミャオと鳴いた。マーカスはいつも二匹を間違える。タイガーとサンタは本当によく似ているのだ。猫は見分けがつくのに、人間ってほんとに……。サンタに前足で叩かれ、タイガーは抱きついたまま離れようとしないのでマーカスが困っている。どうすればいいかわからないのだ。ホリーはシルビーに頭をこすりつけて撫でてもらい、シルビーがこっちを見ないように気を引いているから完璧だ。ジョージがテーブルに飛び乗ってバッグに入った。よし、やった！　第一段階突破。

「シルビー！」マーカスが叫んだ。

「ホリーがわたしのまわりをぐるぐるまわってるの。どうしたのかしら」シルビーもいくらか不安そうだ。ぼくがこっそり仔猫たちに合図して、立派に役目を果たしたからもう離れていいと伝えると、マーカスがバッグを取った。

「おい、シルビー。やけに重いよ。なにを入れたの？」バッグの重さにちょっとよろめいている。

「きっと本よ」シルビーが答え、ついにふたりが出ていった。ぼくはほっとして思わずふうっと大きなため息をついてしまった。

「みんな、よくやったね」ぼくは仔猫たちを褒めた。たいしたものだ。たしかに計画を中止して別の機会を待つしかないと一瞬思ったけど、最終的には仔猫だけでやり遂げた。いまごろジョージはめでたくハロルドに会いに行く途中で、きっとみんな大喜びするだろう。まあ、マーカスとシルビーは喜ばないかもしれない。ホームのスタッフも。でもそれ以外は――。

「すっごくおもしろかった」タイガーが言った。「またできる?」

「みんなほんとにうまくやってたよ。少なくとも最後には来てくれたしね」

「まったくだわ」ハナとスノーボールが苦笑いしている。「さすがアルフィーの弟子よね」

「じゃあ、ご褒美の時間にしよう」ものすごく誇らしい。仔猫たちも自分も。

「どんなご褒美?」ホリーが訊いた。

「なにがいい?」

いま思えば、これが間違いで、なにが欲しいか仔猫たちがもめはじめてしまった。タイガーは木登りしたがり、ホリーはテディベアで遊びたがり、サンタは公園に行きたがった。

「わたしがタイガーを木登りに連れていくから、アルフィーはサンタと公園に行って、ハナはここでホリーと遊んだら？」そのうちスノーボールがそう提案してくれたので、ぼくはほっとした。どうして自分で思いつかなかったのか、ちょっと不思議だった。でも最近は頭を使ってばかりいるから、しかたない。

「いいね、そうしよう」賛成だ。「ありがとう、スノーボール」たいていのことはぼくが考えるはめになっているんだから、少しは手伝ってもらってもいいはずだ。

Chapter 9

みんな待ちきれなくてうずうずしていた。それぞれが好きな遊びをしたおかげで、ぼくも仔猫は三匹より一匹を相手にするほうが楽だといういい勉強をさせてもらったことだし、ジョージが帰ってくるのをみんなでいまかいまかと待っている。公園でサンタと過ごした時間は楽しく、サンタはなんでもぼくの言うとおりにして、大きな犬に少し近づきすぎたときでさえ、ぼくの注意に従った。むかし、怒った犬に追いかけられた話も敢《あ》えてした。追いかけられたのは一回か二回の気がするけど、効果はあったようで、そのあとサンタは安全な距離を保っていた。

タイガーもスノーボールとの木登りを満喫したようで、スノーボールによるとタイガーは木登りがすごく上手なうえに行儀もよかったらしい。タイガーが楽しめてよかった。きょうだいはすごく仲がいいが、たまには一匹で過ごすのもいいかもしれない。ホリーはよくジョージといるから、ほかの二匹もそんな時間が持てるようにしてあげよう。ぜったいそうするべきだし、長い目で見れば仔猫たちも落ち着くかもしれない。ものは試しだ。

玄関が開く音がしてジョージを抱えたマーカスが入ってくると、仔猫たちが小躍りした。ジョージを床におろしたマーカスが勢ぞろいしたぼくたちに気づいて、戸惑っている。テレビで観た女王に会うときの人間みたいに、ぼくたちは一列に並んでいた。マーカスがぱちんと自分の頭を叩いた。

「みんなグルだったんだな」信じられないと言いたげに首を振っている。「ラッキーだったな。父さんには効果てきめんだったよ。でもシルビーは叱られたせいでまだ機嫌が悪い」マーカスが頭の自分で叩いた場所をこすりながら冷蔵庫からビールを出しに行き、リビングに戻ってソファに腰かけた。

「シルビーはどうしたの？」猫だけになったところで、ぼくはジョージに尋ねた。

「テオを迎えに行ったから、きっとクレアに不満をぶつけてるんだよ。帰ってくるあいだ、ずっと小言を言われたからね」ジョージがにんまりした。得意満面だ。

「パパ、どうなったか教えてよ」タイガーにせがまれ、ジョージが話しだした。

「長くて辛い旅だったよ」

「いやだ、そこから？」ハナがぼやいた。「細かいことまで全部話すつもり？」

「そうだよ」ジョージがむっとしている。「とうぜんでしょ」

「ほんとに父親そっくりね」スノーボールが言った。「もったいをつけずにはいられないのよ」ぼくは聞き流した。

「つづけて、ジョージ」

「バッグのなかはあまり居心地がよくなかった。もぞもぞ動いたせいでケーキをつぶしちゃったみたいで、あとでそれに気づいたシルビーは不機嫌になってたよ。でもとにかく暗くて本とケーキの上にいるしかなかったから、あまり快適じゃなかったけど、それでもそのうち車が停《と》まった。そしてマーカスがぼくが入ったバッグを持って建物に入っていったんだ。外の様子はよくわからなかったけど、ゆっくり揺れてたから移動してるのはわかった。正直言って、ちょっと気分が悪くなったよ。そしたら急に暖かくなって、建物に入ったのがわかった。マーカスがテーブルにバッグを置いて、『やあ、父さん』って言ったとき、作戦が成功したと思った。だからほかにだれもいないと確信してから、バッグから飛びだしたんだ。シルビーが悲鳴をあげたのは、ちょっと大げさだと思ったな」

「ほんとに悲鳴をあげたの？」ホリーはひとことも聞き逃すまいと夢中になっている。

「うん、かなり大きな声だった。マーカスはぎょっとしてたけど、ハロルドは体を起こして、ぼくが来るのを知ってたみたいににっこりした。あんまり話せなくて、しゃべろうとしてもうまく声が出ないのがかわいそうだったけど、にっこりしてくれたから、ぼくは腕に飛びこんだ。そしてしばらく抱き合ってた」

目に涙を浮かべている。あるいは猫なりの涙を。ぼくは胸が詰まった。その場にいてジョージに会えて大喜びするハロルドを見られたらすごく嬉しかっただろうけど、うまくいってとにかくよかった。いまはぼくの手柄だと言う気にもならない。

「ジョージ、よかったね」ぼくはしっぽでやさしく息子を叩いた。

「ハロルドにぴったりくっついてると、すごく嬉しそうにしてた。ずいぶん弱ってたけど、かろうじてスノーボールの名前を口にしたから、元気にしてるって精一杯伝えておいたよ。そのころにはマーカスとシルビーもいくらか落ち着いてたから、ぼくが来た効果に気づいたみたい。父さんの笑顔を見るのは久しぶりだって、マーカスも言ってた。テオとコニーもハロルドを元気にするけど、ぼくほどじゃないってことだね」胸を張っている。

謙遜しないのは、ぼくたち父子の共通点だ。

「でも、楽しかったのに、ハロルドに薬を飲ませに来た看護師にめちゃくちゃ叱られた」目に怒りが浮かんでいる。「ぼくは体によくないんだって。病院でも同じことを言われたよね、パパ、失礼にもほどがある。ただハロルドが笑ってたから、あまり腹は立たなかった。シルビーは帰るあいだずっと怒ってたけど、ハロルドがずいぶん元気になったのは認

めてた。マーカスは、ぼくとできればスノーボールをまた連れてきてもいいかホームの責

任者に頼んでみると言ってくれたよ。すごくハロルドのためになったから。ぼくのために

もなったよ。ハロルドに会ったら、すごく元気が出た」スノーボールにやさしく顔をこす

りつけている。

「ジョージ、偉かったね」ほんとにそう思う。だれかを元気づける方法を教える教訓にな

るし、みんなと離れてひとりぼっちで暮らさなければいけなくなったのを不安に思ってい

るに違いないハロルドにとって、どんなに役に立ったか想像もできない。マーカスが必ず

また試してくれるようにしよう。そうすれば、ホームみたいなところのスタッフも、そこ

にいる人たちが人間以外の家族に会うのがどれほど大事かわかってくれるかもしれない。

ぼくたちが始めたことが、将来はもっと簡単になりますように。

「ありがとう、パパ、計画を立ててくれて。みんなもありがとう、教わったことがしっか

り身についてるみたいだね」ジョージがぼくにウィンクした。

「アルフィーおじいちゃんは世界一の先生だよ」仔猫たちが声を合わせてそう言ったので、

ぼくは全身の毛の一本一本までぬくぬくした。

改めてジョージの話を細かいところまで楽しく聞いていると、テオを連れて帰ってきた

シルビーにひどく叱られた。

「あなたたちの仕業なのはわかってるし、たしかにハロルドのためにはなったわ」シルビーが言った。「でも老人ホームに忍びこんではだめよ。入院してるハロルドに会いに行ったとき懲りたと思ってたけど、あなたたちは自分の思いどおりにせずにはいられないのね。はっきり言って、もうどうすればいいかわからないわ」最後には怒っていないようだったので、ぼくたちはお祝い気分のままだった。

夕食を食べに家に帰る時間になっても、お祝い気分は薄れなかった。なぜなら今日はジョナサンが夕食を用意する日で、魚を買って帰るとクレアに話していたからだ。

理想的な一日の理想的な終わり方だ。

Chapter 10

先生はなかなか大変な仕事だと聞いたことがある。そう言ってたのはたしかクレアで、あれはジョナサンが、学校は休みが長いから先生たちもあまり働かずにすんでラッキーだ、とぶつぶつ文句を言ったときだった。クレアは子どもたちの将来に責任を持つのがどれほど大変か、先生たちがどんなプレッシャーを受けているか事細かく言い聞かせていた。授業のほかにもやらなきゃいけないことがたくさんあるんだから、先生にもお休みがあってとうぜんだと。ジョナサンが納得したかはわからないけど、クレアが正しいかぼくに疑う気持ちがあったとしても、いまはもうなくなった。先生というのは、ほんとにすごく骨が折れる仕事だ。うちの仔猫たちが相手の場合は特に。

いまは今週の仔猫の学校の準備をしている。授業を進めながらいろいろ考えださないといけないから、簡単ではない内容にする必要がある。仔猫たちの教育に役立つ校外学習も考えなくちゃいけないし、手本も見せなきゃいけない。やることが山積みだ。いつになったら学校を休みにできるんだろう。でもあの子たちの行儀をもう少しよくしたければ、いくらかでもぼくの役目を肩代わりしてほしければ、ひと休みすることを考えるのは、まだまだ先の話だ。まだ始まったばかりなんだから。アルフィー先生には、休みなんかないかもしれない。

「校外学習はどうかな」授業を始める日の朝、スノーボールに訊いてみた。

「あなたがイワシをもらいたいからって、しょっちゅうレストランに連れていくわけにはいかないわよ」

「うん、そうだね」ちょっとがっかりしたけど、スノーボールの言うとおりだ。それならどこに行こう。「じゃあ、公園で運動会をするのは？」

「運動会？」スノーボールが訊いた。ぼくが物知りでよかった。クレアたちの話をよく聞いているおかげだ。いつだって仔猫の学校の役に立つ。

「スポーツ大会みたいなものだよ。あの子たちを走らせたりジャンプさせたりすれば、いくらか疲れさせることもできるから好都合だ。週に一度やってもいいな、毎日でもいいかも」

「よさそうね」スノーボールが認めた。「あなたのアイデアのなかではましなほうだわ」

ぼくはあてこすりを聞き流した。「歴史の授業もいいね。エルビスに得意の話をしてもらうんだ。むかしの話をするのが大好きだし、仔猫たちの勉強にも多少はなる。ほら、エルビスの話の半分は作り話だから」

「むかしの猫は、月が出てるときしか外に出してもらえなくて、いまのわたしたちは自由でどれだけ恵まれてるかわかってないって言われたときのこと、覚えてる？」にやにやしている。

「覚えてるよ、ぼくたちよりちょっと年上なだけなのにね」エルビスなら喜んで歴史の授業をしてくれそうだし、たとえ半分は作り話だろうとたいした問題はない。「じゃあぼくは、人間の力を借りる方法や、計画の立て方や、やさしくする方法を教える授業をしばらくつづけるから、助手になってくれない？」

「どうしてまた巻きこまれなきゃいけないの？」

「ぼくのことが大好きだからだよ」ぼくは顔をこすりつけた。「よし、これで準備万端だ。仔猫たちはどこに行ったのかな？」

授業の内容をまとめるまで一階で待つように言っておいたのに、仔猫たちの姿はどこにもなかった。

「ちょっと準備に時間がかかりすぎたのかもしれないわね」スノーボールが言った。

「我慢ってものができないんだから、いまの仔猫はまったく――」つい文句が出てしまったが、そんな暇があったら探しに行かないと。隣へ行くと、ジョージとハナがうたた寝をしていた。起こしたくなかったのでスノーボールと忍び足で探してみたが、ジョージたちが寝ているなら、仔猫たちはここにいないと気づくべきだった。あの三匹がいるところで眠れるはずがない。

「心配したほうがいいかな」外に出ながらぼくは尋ねた。

「教育するはずなのに見失ってしまったことを？」スノーボールが笑った。「だいじょうぶよ、きっと遠くには行ってないわ。それにもう出かけていい歳になってる」

たしかにそうだ。三匹とももう出かけていいことになっている。でも授業があるときは別だし、エドガー・ロードから出てはいけない約束だ。それがルールだから、守っているように祈ろう。ジョージとハナに、仔猫たちを見失ったなんて言いたくない。ああ、どうしよう、ジョージとハナの子どもを見失ってしまった。

落ち着こうとしても無理だった。仔猫のころのジョージをさらった女の人は、あとで大変な猫好きだとわかった。近所の猫を片っ端から集めていた。猫をいじめたりせず、むしろ好きすぎて何匹いても満足できなかったのだ。ジョナサンは頭がどうかしてると言ってたけど、そして連れ去るのは悪いことだけど、あの人が猫を大好きなのは痛いほど伝わってきた。話が脱線してしまったけど、とにかくあのときぼくたちが立てた計画ではジョージがさらわれるはずがなかったのに、そうなってしまった。最後には丸く収まったものの、ジョージの行方がわからなくなったのは最悪な出来事だった。

不安がつのり、外に出た。たまり場に行ってみたが、だれも仔猫たちを見かけていなかった。うちに戻っているかもしれないのでスノーボールが見に帰り、ぼくはハロルドの家へ走った。あそこにはホリーがジョージと行っているから、きょうだいを連れていったかもしれない。でも、そこにもいなかった。影もかたちもない。疲れて脚がずきずきしたが、わが家に駆け戻ると、スノーボールが裏庭にいた。お互いパニックを起こしていた。スノーボールの目を見ればわかる。

「いないわ」落ち着こうとしている。

「あっちにもいなかった」

「いったいどこに行ったの?」スノーボールが言った。「自分たちだけでごみばこに会いに行ったのかしら」

「まさか。遠すぎるし、おとなの付き添いがないと危ないのはわかってる」どうか行ってませんように。

ぼくは横になって息を整えながら考えた。可能性がある場所はどこだろう。大事な約束は守る子たちだから、エドガー・ロードは出ていないはずだ。だとすると……。

「行きそうなところはまだあるよ。公園ならあの子たちが大好きな場所だし、それほど遠くない。でなきゃ、最近楽しい思いをしたところ――」スノーボールと目が合い、飛び起きた。

走ってポリーの家へ行き、なかに入った。まだ息があがっていたので二階はスノーボールに任せ、一階をチェックした。このあいだ感じたおかしなにおいがまだ残っていて、さらに強くなっている。ぜったい猫のにおいの気がする。やっぱりここにいるのだ。ぼくは鼻を頼りに探しまわった。キッチンに仔猫たちの気配はなかったが、リビングに入ると奥のダイニングルームにかけ布団のようなものがあった。

このあいだ来たときはなかったし、布団の横に服の山があり、なにかが服にくるまって寝ているようだった。仔猫たちだ！　隠れてる。仔猫の学校はサボって寝るものだと思っているらしい。

「ニャッ！」ぼくは大きな声をかけた。すると、どう見ても仔猫のサイズじゃないものが悲鳴をあげて飛び起き、目にもとまらぬスピードで横を駆け抜けていったのでもう少しで毛皮から飛びでそうになった。スノーボールが来たときもまだ震えが止まらなかった。全身の毛が逆立っている。なんだったんだ、あれは。

「どうしたの?」悲鳴を聞きつけてやってきたスノーボールが訊いた。

「奥であの子たちが眠ってると思って起こそうと声をかけたら、猫が、猫がものすごい猛スピードで横を駆け抜けていったんだ」まだどきどきしている。

「きっと野良猫が入りこんでひと眠りしてたのね」まったく気にしていない。

「でもダイニングルームに服の山があるのは変だし、前に来たときは布団もなかったよ」

「気がつかなかっただけかもしれないし、寝心地がよくなるようにその猫がどこかから運んできたのかもしれないわ。わたしたちもやるでしょう?」

「うん」スノーボールはやけに理性的になることがあるが、どちらも納得はしていなかった。「でもそんなんじゃないよ、ぜったい違う。よく見えなかったからどんな姿だったかわからないけど、猫だったのは間違いないし、この家でするにおいはあの猫のにおいだ。このあいだ感じたにおいも」

　腹が立った。ここはポリー一家の家で、ぼくの家とも言える。背中が丸まって毛が逆立った。サーモンが言ったように、よくない人間か猫が住みついているんだろうか。考えるとぞっとする。

「アルフィー、宿無しだったとき、寝られる空き家が見つかるとほっとしたって言ってたわよね」スノーボールが痛いところをついてきた。「だから、またその猫を見かけたらやさしくしてあげましょうよ。そしてまともな猫か確かめるの」

「そうだね」ぼくは不機嫌に応えた。自分がやさしくないと思いたくない。「それはそうと、あの子たちはいたの？」

「いなかったわ。だからいったんうちに戻って、それでも見つからなかったらジョージとハナにも知らせたほうがいいわ」

ため息が漏れた。相変わらずいろんなことが同時に起きる。ジョージに仔猫たちを見失ったと伝えるのは気が重かった。

猫ドアからなかに入ると、やましさのかけらもない顔をした仔猫たちが見つめてきた。ほっとしていいのか腹を立てるべきかわからなかった。その両方だ。

「どこにいたの？」タイガーが訊いてきた。

「きみたちを探してたんだよ」ぼくは答えた。「そっちこそどこにいたの？」

「ここだよ」とサンタ。「ずっとここにいた」

「いいえ、いなかったわ」ここぞと言うときスノーボールはすごく厳しくなれる。「家じゅう探したからいなかったのは間違いないし、隣にも、たまり場にも、ポリーの家にまで行ってさんざん探したのよ。だからちゃんと説明しなさい」

仔猫たちがちょっと縮こまって顔を見合わせた。

「だから、ずっとここにいたよ。寝ちゃったんだ。どこにも行ってない」タイガーがサンタの返事をくり返した。

スノーボールとぼくは精一杯険しい目でにらみつけた。

「わかった。ほんとのこと言うわ」ホリーが口をはさんだ。「言われたとおり待ってたんだけど、退屈になってキッチンの食器棚に隠れることにしたの、簡単にあけられる棚に。飛びだしてびっくりさせたらおもしろいと思ったの」

「ホリー、ほんとにおしゃべりなんだから」サンタが責めた。「でも、ホリーが言ったとおりだよ。ふざけただけなんだ。そしたらいつのまにか寝ちゃって、起きたら猫ドアが動く音がしたから、アルフィーおじいちゃんだと思って飛びだそうとしたんだけど――」

「できなかった」タイガーがつづけた。「棚の扉は外側からあけるのは簡単だけど、なかからあけるのは違ったんだ。だから開いたときはそろって転がりでる感じになっちゃった。出たのはついさっきだよ。そのとき見たんだ」

「なにを?」戸惑っていたが、同時に興味も引かれていた。それに早く要点を話してほしい。

「あのね、ものすごくおっきな猫がいたの」ホリーが答えた。だれかさんにそっくりだ。

「おっきくて黒くてもしゃもしゃだった」タイガーがつけ加えた。

「首輪もしてて……その、おじいちゃんのごはんを食べてた」

なんだって？　自分の食器に目をやると、舐めたようにきれいに空っぽになっていた。

ジョージとスノーボールの食器も。スノーボールの目つきが険しい。

「それで、どうなったの？」スノーボールが尋ねた。

「ぼくたちが大声を出したらこっちを見て大声で鳴いたから怖くなったけど、逃げずにいたら逃げてった」タイガーが答えた。

「でも、いざとなればやっつけてたけどね」とサンタ。

「わたしはいやよ。大きくて黒くて怖かったもの」ホリーが言った。

「いつのこと？」スノーボールが訊いた。

「ふたりが帰ってくるちょっと前だよ」

ポリーの家を飛びだしたあと、ぼくたちが帰ってこないうちにここに来て食器を空にする時間があの猫にあっただろうか。たぶんあった。スノーボールもぼくもまだ動揺していたし、茂みという茂みをすべてチェックしながら帰ってきたから、少し時間がかかった。同じ猫だろうか。本当に猫がいたのか、それとも作り話だろうか。

「つまり、きみたちが盗み食いして、そのあと庭にずっと隠れてたわけじゃないんだね？」

「そうよ、ほんとに猫がいたの」ホリーが言うなら本当だ。この子はぼくに隠し事なんかしない。いずれにしても、長いあいだは隠していられない。

「ポリーの家であなたが見たのと同じ猫かしら」スノーボールがぼくの思いを口にした。

「じゃあ、謎を解くんだね。学校が始まったとき、そんなこともあるかもしれないって言ってたよね」タイガーが興奮して飛び跳ねている。

ぼくはたまらなく不安になってきた。知らない猫がいて、ポリーの家に住みついているだけでなく、うちに忍びこんで盗み食いをしているんだろうか？　たしかに謎めいていて、調べる必要がある。

でも仔猫たちはこんな重要なことができるレベルには程遠い。どうしよう。考える時間が必要なのに、授業を進めながら考える余裕があるかわからない。

「よし、この件はあとでゆっくり考えよう。とりあえず授業を始めるよ。今日のテーマは人間を引き合わせる方法についてだ。ぼくがクレアとジョナサンとエドガー・ロードのみんなにやったみたいにね」

この授業には自信がある。たっぷり時間をかけて内容を練ってきたし、仔猫たちにとってもいい学びの機会になるはずだ。

「あの猫はどうするの？」サンタが訊いた。

「それはあとで考える。まずは授業だ」ぼくはきっぱり告げた。でも考えずにいられなかった。もしあの猫がポリーの家で眠ってうちで盗み食いをしたなら、いったいどこから来たんだろう。そしてエドガー・ロードでなにをしてるんだろう。

Chapter 11

正直なところ、それから数日は謎の猫のことはどうでもよくなっていた。あのあとまったく姿を見なかったし、はるかにどきどきすることで頭がいっぱいだった。ハロルドが日帰りで戻ってくるのだ。

ただ、ハロルドが帰ってきたらみんなも会えて大喜び、という単純な話だと思ったら大間違いだった。ジョージもスノーボールもぼくも思い知らされることになるが、ややこしい話になった。人間はもともと物事をややこしくするのが得意で、今回はまさにそのいい例だった。

シルビーがうちに来てクレアと話していたとき、たまたまぼくたちもそばにいた。仔猫たちはハナと隣の家にいる。あまりハナを困らせていないといいけど、たまに解放されるのも悪くない。

「シルビー、日帰りで戻ってこられて、ハロルドも喜んでるでしょうね。短い時間でも、きっと元気になるわ」クレアが言った。「それにこっちで会えてわたしも嬉しい。ホームに行くのはちょっと辛かったから」切なそうにしている。たしかに辛そうだった。ハロルドの具合が悪いときは特にそうで、最近はそういうことが増えていた。

「ええ、帰れるようになるのを何カ月も祈っていたから、マーカスも喜んでるわ。回復してるっていう希望が持てて」シルビーが両肘をテーブルについて首を振った。「ただ、発作から完全に回復することはないの。ドクターにはっきり言われたわ。いろんな病気を乗り越えてきた強い人だけど、今回は別物だし、もう八十代半ばだしね」

「でも希望はあるわ。それに会えるんだもの、それが大事よ」

「ミャオ」ぼくもそう思う。

「でも、あまり負担にならないようにしたいから、スケジュールみたいなものを決めたほうがいいと思うの」シルビーがつづけた。「ハロルドはぜったいみんなに会いたがるでしょうけど、そうだ、うちに着いてからは車椅子を使うんだけど、ジョナサンに手を貸してもらえる？」

「もちろんよ。時間を教えてくれたら、ちゃんと行かせるわ」

「うちではテオとコニーに会えるでしょ、わたしたちにも。でもあなたたちにも会いたがるはずだから交代で会うほうがいい気がするの」

「あなたたちでランチを食べて、わたしたちは食後にちょっとお邪魔するのはどう？　ハロルドが疲れたら失礼するし、子どもたちが負担になるようならジョナサンかわたしが連れて帰るわ」

「そうしてもらえると助かるわ。その場の雰囲気でやるしかないわね。ただ、仔猫たちも負担になる気がするの、ずっとだと」

「ミャオ」ぼくもそう思う。それどころか健康そのものの人間でも負担になる。

「じゃあ、仔猫たちはうちにいるようにすれば？　ジョージとスノーボールはハロルドに会いに行けばいい。仔猫たちはわたしとアルフィーで見てるわ。ね、アルフィー？」

「ミャオ」しかたない。いつものことだ。

　ジョナサンに言わせると、ハロルドの日帰りでの帰宅は国を運営するより複雑らしい。どういう意味かよくわからないけど、要するに取り仕切るのは悪夢同然らしい。そして言うまでもなく、うまく舵《かじ》取りするのはぼくの役目になる。

　うちにいるように言われた仔猫たちは、みんなだけで楽しむつもりなんだと言って不満たらたらで、そうじゃないと説明しても無駄だった。好きなだけかくれんぼをしてあげると言って機嫌を取るしかなく、きっと延々やらされて疲れきってしまうだろうが、少なくともサマーとトビーがいるから一緒に遊んでくれるだろう。そう祈るしかない。

ぼくもハロルドに会いたいけど、自分の番が来るまで我慢しよう。それにおとななんだから、ちゃんとできるはずだ。仔猫たちが羽目をはずさないように見張りながら、ぼくは何度も自分にそう言い聞かせた。

そんなことより、ハロルドと会えるようになってジョージとスノーボールが天にも昇る気持ちでいるのが嬉しい。ぼくは自分の気持ちを棚上げにできるが、仔猫たちに納得させるのは簡単ではなかった。はっきり言うと、結局あきらめた。いざとなったらなんとかすればいいだけだ。

朝早くからみんなわくわくしていて、それはぼくも同じだった。おいしい朝食を食べ、毛づくろいした。隣に向かうスノーボールはすごくきれいで、ジョージはすごくハンサム だった。ジョナサンに連れてこられた仔猫たちは、トビーが用意しておいたゲームを見たとたん機嫌を直した。むかしはトミーがジョージとぼくに、そのあとはピクルスにゲームを用意してくれたから、トビーはそれを見て作り方を覚えたのだ。二階につくられた障害物コースで、障害のひとつにつまずいたジョナサンは不服そうだったが、仔猫たちはしばらく夢中になるはずだ。そう祈る。ぼくは愛想よく仔猫たちを迎え、あとは基本的にトビーとサマーに任せた。こんなに楽な子守りは久しぶりになりそうだ。だから心のなかで自分をねぎらってから、居心地のいい場所で横になった。

そして大好きな子どもたちが楽しそうに遊ぶ姿を見守った。もちろんある程度のトラブルは起きた。にわか仕立てのトンネルにはまって動けなくなったホリーを押しだしてやらないといけなかったし、サンタはなにかの上でバランスを崩してお尻から床に落ちたが、うめき声をあげただけで無事だった。タイガーは優勝したのは自分だと宣言したが、競争じゃなくてゲームなんだから少し大げさだ。それでもみんな楽しそうで、クレアもハロルドに会える番が来るまでゆっくり読書ができて喜んでいた。

「ハロルドのそばでは、行儀よくして静かにしてなきゃだめだよ」順番がまわってきたとき、ぼくは仔猫たちに言い聞かせた。正直言って、ぼくもすごくわくわくしている。

「なんで？」

「ハロルドは弱ってて、今日はもうずいぶんいろいろあったからだよ」クレアが子どもたちに言った言葉を借りた。「そして、ぼくの言うことは聞かなきゃだめだから」きっぱり断言した。ジョナサンの真似だ。意外にも、仔猫たちは一列になって隣までおとなしくついてきた。ほんとにジョナサンの決めぜりふに効果があるなんて。

目に入った光景は、心が和むものだった。ひとり掛けのソファにハロルドが座り、肘掛けにスノーボールがいてジョージは膝に乗っている。足元でテオが遊び、その横にコニーがいる。ハナは少し離れた自分のベッドでみんなを見つめ、マーカスとシルビーはソファで微笑んでいる。

「ハロルド」サマーが歓声をあげて安らかですてきなひとときに割って入ったが、トビーと駆け寄るとハロルドは満面の笑みを浮かべ、震える声でなんとか「やあ」と応えさえした。もちろん次は仔猫たちが駆け寄り、あっという間に大騒ぎになってしまったが、やめさせようとしたジョナサンに向かってハロルドが弱々しく「いいんだ」と言葉をかけた。子どもと猫みんなに乗られたも同然になって喜んでいる。ハロルドの笑い声を聞いてみんなも笑ったので、ぼくは子どもたちにはかなわないと思い、もうひとつの肘掛けに飛び乗った。そして全員がそろったところでしばらくそのままでいた。ぼくたちは大家族だ。すごく幸せで、胸がいっぱいになった。

ハロルドを見送るのは辛かったが、しかたがなかった。みんないやいや別れを告げた。幸せから悲しみに急展開するのはよくあることだ。ジョナサンとマーカスがハロルドを車椅子に移動させ、シルビーはハロルドの荷物と、クレアと一緒に用意したおみやげが入ったバッグを持ってついていった。みんなで歩道に立ち、複雑な気持ちで走り去る車を見送った。ハロルドに会ってすごく嬉しかったし、会えてよかったけど、寂しいし、今度いつまた会えるのかわからない。ジョージはひとりでどこかへ行ってしまった。きっとひとりで泣きに行ったんだろう。

ぼくはあれこれ考えながらシルビーの家に戻った。コニーはアレクセイに会いにレストランのほうへ歩いていく。クレアと子どもたちも戻ってきた。シルビーが飲み物を用意し、子どもたちと仔猫にリビングでテレビを観るように言った。

「アルフィー、タイガーがいないわ」スノーボールがささやきかけてきた。

「え？　子どもたちと一緒じゃないの？」ぼくはリビングに駆けこんだ。嘘でしょ、タイガーの姿がない。ずっと興奮してたから気づかなかった。

「家のなかを探してハナといるか見てきてよ。ぼくはジョージを探しに行く、タイガーと一緒かもしれない」

ジョージは裏庭で新鮮な空気を吸っていた。悲しそうに空を見あげている。元気づけてやれないのが残念だった。

「あれ、タイガーは一緒じゃないの？」さりげなく訊いてみた。

「え？　違うよ。見てのとおり、ぼくだけだよ」ジョージが答えた。

「そうか、実はタイガーが見当たらないんだ」

「そんな、無事だよね。なにかあったらどうしよう。まさか――」一気にパニックを起こした親になっている。気持ちはよくわかる。

「あわてないで、なかに戻ろう。スノーボールとハナが家のなかを探してるし、ほかの子たちにも訊いてみよう。遠くに行くはずがない。ハロルドとさよならしてるあいだにふらふらどこかへ行ったら、気がついたはずだもの」

「そうかな。そもそも、だれがいたか思いだせる？」ジョージが走って家に戻った。

問題は、最近は人間も猫も数が多すぎて、全員の動きを把握しきれないことだ。思いつく限りの場所を探し、タイガーがひとりでどこかへ行っていないように祈った。賢い子だけど、外は危険でいっぱいなのだ。車、人間、犬。ジャングルみたいなものだ。パニックで毛が逆立った。

「アルフィー、どこにもいないわ。ほかの子たちに訊いたほうがいいわ」スノーボールもパニックになりかけている。

「そうだね。呼んできてくれる？」落ち着かないと。

やってきたサンタとホリーは、ちょっと態度が怪しかった。

「タイガーはどこにいるの？」ぼくは尋ねた。

「さあ」サンタが答え、言葉とは裏腹な顔でホリーを見た。さっとしっぽを振り、床を見ている。

「知らないわ。ぜんぜん知らない」ホリーがつづき、肉球を舐めたが、ぼくたちと目を合わせられずにいる。

「ホリー?」ジョージが言った。秘密を漏らすならだれか、わかっているのだ。「みんなタイガーを心配してるんだ。だから居場所を知ってるなら――」

「わかったわ。わかったから怒鳴らないで」ぼくたちは顔を見合わせた。だれも怒鳴ったりしてない。「ハロルドと一緒に行ったのよ」

「ホリー、言うなって言われただろ」サンタが黙らせようとしている。

まじめな話、こんなに簡単に秘密を漏らすのはどうかと思う。でもいまはよかった。じゃあタイガーは……ぼくの目が丸くなった。

「サンタ?」精一杯怖い声を出した。

「バッグに入ったんだよ。パパみたいに冒険したかったんだ」

「でもわかってるだろ」ぼくは言った。「あのバッグは向こうに置いてくるんだよ。だからタイガーが入ってることにマーカスが気づかなかったら、ホームに置き去りにされるかもしれない」信じられない。なんてばかなことをしたんだ。

「それにハロルドはろくにしゃべれないのに、どうやってタイガーを迎えに来るようにマーカスに電話してもらうんだ？」ジョージがなかば怒鳴りつけた。ただ、ジョージの一件があるから、ホームのスタッフも察してくれるだろう。

「そこまで考えなかった」仔猫たちが認めた。

「大変だわ、どうしよう」ホリーが悲痛な声をあげた。「タイガーのアイデアだったの」

すっかり取り乱している。

「まずは人間に気づいてもらわないと。ぼくが教えたことをやるんだ。行くよ、急いで」

ほかのみんながパニックに呑《の》みこまれそうになっているいまは、ぼくがリーダーを務めるしかない。タイガーを取り戻したければ、冷静でいる必要がある。

人間のまわりに集まり、状況を伝えようとした。できるだけ大騒ぎした。さんざん大声を張りあげたり、ぐるぐる走りまわったりしたあげく、ようやくトビーに気づいてもらえたようだ。ぼくたちの気持ちを読み取るのがうまくなってくれてよかった。少なくともひとりには伝わった。

「タイガーがいないよ」トビーが言った。ぼくは腰をおろした。走りまわって息が切れている。脚もちょっと痛む。

「大変、どこに行ったの？　探さないと――」

「ニャオ！」ぼくは残る力を振り絞って声を張りあげ、クレアの言葉をさえぎった。本当に人間に気持ちを伝えるのは楽じゃない。

みんながこちらを見たのでぼくも見つめ返し、あらゆる手を尽くしてタイガーはホームにいると伝えた。できればこれ以上やりたくない。もうくたくただ。サンタがテーブルの上で飛び跳ねだし、ホリーも加わった。クレアのバッグに頭突きしてヒントを与えている。ぼくは誇らしさを感じずにいられなかった。ぼくがちゃんと教えたから、二匹ともタイガーに起きたことを行動で示そうとしている。

「そんな、まさかハロルドのバッグに潜りこんだんじゃないわよね、ジョージがやったみたいに」クレアが仔猫たちにテーブルから落とされそうになったバッグを寸前でつかんだ。

「ミャオミャオミャオミャオ」ぼくは答えた。そうだよ、そうだよ。すぐ思いついてほしかったのは、まさにそれだ。とはいえ、気づくまでけっこう時間がかかったが。

シルビーが珍しくくすくす笑いだした。てっきり怒ると思っていたのに。「マーカスに電話したほうがよさそうね。小さないたずらっ子をホームに置き去りにしたら大変だもの」電話を手に取っている。「そんなことになったら、ジョージが行ったときより大騒ぎになるわ。まったく、なにを考えてるのかしら」

「ミャオ！」ジョージが抗議の声をあげた。でも認めざるをえない。タイガーがこんな真似をしたのは、おそらくぼくたちのせいだ。ジョージをホームに行かせたりしなければ、タイガーもこんなことをしようとは思いもしなかっただろう。だからあまりタイガーを責められない。それより無事に帰ってきてほしい。

「ハロルドは気にしないでしょうけど、スタッフは違うかもしれないわ」クレアがにんまりしている。

「でも、タイガーがうちの子だって思わないホームの人に追い払われて、二度と会えなくなったらどうするの？」サマーに言われ、その場にいる全員が恐怖で凍りついた。気がついてよかった。どうか間に合いますように。

幸いマーカスが電話に出た。ハロルドの部屋までバッグを運んだが、あとはやりますからとスタッフに言われたので中身を出すことまではしていなかった。ちょうど車に乗って帰ろうとしていたとき、シルビーの電話を受けたのだ。

電話で話しながらハロルドの部屋に戻ったマーカスがタイガーを見つけたときは、みんなはた目にもわかるほどほっとした。タイガーはクレアが用意したセーターにくるまって眠っていたらしい。最悪の事態は避けられた。ぎりぎりのところで。危ないところだったのに、当のタイガーはずっと眠っていたのだ。ぼくたち全員がこの一件から学ぶことがあった。

夕方になってからマーカスに抱かれて戻ってきたタイガーは、クリームをもらった仔猫みたいに満足そうな顔をしていた。自分がした冒険のことで頭がいっぱいで、ぼくたちが知らせなければ起きていたかもしれない状況をどんなに言い聞かせてもまったく耳に入っていないようだった。ぼくに叱られ、ジョージとハナにも叱られ、スノーボールにまできつく注意されたのに、浮かれてまったく気にしていない。仔猫の学校を停学にすると脅しまでしてみたが、ジョージが恐怖の表情を向けてきたので言うだけに留めるしかなかった。果たしてタイガーに伝わったのかわからず、いずれにしても反省の色はこれっぽっちも見られない。冒険したことを得意がるタイガーをサンタがさかんにうらやましがったので、ぜったいに真似をしないように言い聞かすはめになった。ほんとに勘弁してほしい。それに人間のおとなはあまり役に立たなかった。ハロルドが帰ってきたのを喜ぶあまり、タイガーを叱りさえしなかったのだ。せいぜいいい加減に「もうやっちゃだめ」と言っただけだった。

どうやらタイガーは、おとがめなしらしい。とはいえ、ジョージも同じことをやり、その作戦を考えたのはぼくだと改めて思い知らされた。じゃあ、どうすればいい？　たまに、ほんとに匙《さじ》を投げたくなる。

その夜遅く、ジョージと外に出て星を見た。機会があるごとにそうして、もうひとりのタイガーに話しかけている。ぼくのむかしのガールフレンドで、ジョージがママだと思っている猫に。タイガーが天国に旅立ったのは、引っ越してしまったスノーボールがエドガー・ロードに戻る前で、ぼくもジョージもすごく悲しんだ。それに、親であるぼくはジョージがどう乗り越えるかも心配だった。ジョージは立派に乗り越えた。必ずしも簡単なことじゃないのに乗り越え、ぼくも乗り越えた。そしてなによりも、ぼくたちはひとりじゃなかった。どちらもタイガーが大好きだったことが、乗り越える力になった。

「パパ、最近あったいろんなこと、タイガーママならどう思うかな」ジョージが前足をすばやく横に振った。ぼくはこちらに向かってウィンクしているように見える星を見あげた。ちょっと胸が詰まった。

「タイガーなら、立派な父親になったジョージを誇りに思うと思うよ。ただ、全部自分のおかげだって言うだろうけどね。きっとぼくのことも立派なおじいちゃんだと言ってくれると思う。そして自分と同じ名前をつけるのはトラブルの元だって言うと思うな」

ぼくとジョージはなんとか笑い声をあげた。亡くなったタイガーは冒険好きでおもしろく、賢くて血気盛んな猫だったけど、なんだか仔猫のタイガーはそっくりになりつつあるようだ。それどころかやんちゃなところは勝っている。でも、さほど悪いことじゃない。

ぼくたちはそのまましばらく夜空の星を見つめていた。そうして一緒にいるだけで、心に幸せが広がっていった。天国のタイガーのことはこれからもずっと恋しく思うだろうし、決して忘れることはないだろう。

Chapter 12

「ねえ、今日の授業は、あのわくわくするおっきな謎解きをやるんでしょう?」ホリーが言った。きょうだいと並んで待ちかまえている。

「謎?」ぼくは肉球を舐めながら尋ねた。まだ昨日の疲れが残っているというのに、仔猫たちはぼくの毛づくろいが終わらないうちに押しかけてきた。そもそもジョージは朝のうち仔猫たちから解放されるために学校を利用している気がする。まだ朝ごはんも食べ終わっていない。

「黒猫がここのポリーの家でなにをしてたかに決まってるよ」サンタが言った。

「ああ、そうだね」たしかに余裕があるときはあの猫のことを考えていた。でも、しょっちゅうじゃない。むしろほとんど忘れていた。最近、ジョナサンも忘れっぽくなったと言っている。ただ、ジョナサンの場合はいまに始まったことじゃない。ぼくはむかしから記憶力のよさに自信があるけれど、最近はなにかと忙しくて手一杯の状態だ。特に目の前にいる三匹の教育で。

「それで、なにをするの？」タイガーがせきたてた。

「今日は情報収集の校外学習をやるよ」ぼくはふいにひらめいたアイデアを口にした。

「なにかおかしいと思ったときは、まず情報収集から始めるものなんだ。たとえばタイガーの姿が見えなくなったときみたいな」

「わたしたちに訊いたみたいに？」とホリー。

「そうだよ。ぼくは最初にジョージとスノーボールに訊いて、そのあときみたちに訊いたら答えがわかった」

「で、あの猫とはどう結びつくの？」タイガーがたたみかけた。

「まず、ほかに見かけた猫がいないか確かめる。きみたちはしっかり見たんだよね。どんな猫だったかもう一度教えて」

「ものすごくおっきかった」ホリーが答えた。「象ぐらい」

「ほんとに？　でも猫ドアから入ってきたんだよね」つい笑ってしまった。

「おじいちゃんより少し大きかったのはたしかだよ」サンタがホリーに顔をこすりつけている。

「それに真っ黒だった」タイガーがつけ加えた。

「つまり、ぼくより大きくて黒かったんだね」たいした情報ではないけど、仔猫たちのやる気をそぎたくない。

「あ、そういえば首輪をしてたわ。青いのを」ホリーが言った。

「それに、毛はぼくたちみたいにすべすべじゃなくてふわふわだった」とサンタ。

「目はお日さまみたいな金色だった」タイガーが締めくくった。タイガーが詩をつくる猫になろうとしていませんように。そんなものを目指したところで、猫にはなんの役にも立たない。

「よし、見た目に関してはよくわかったから、これで情報を集められる。いい子にしてたら、情報を集めたあとまたポリーの家に行って、新しい手がかりを探そう」

「わーい！」三匹が歓声をあげた。

「手がかりってなに？」サンタが訊いた。

ぼくはしっぽをひと振りし、仔猫たちを連れて外に出た。教えるっていうのは、たしかになかなか大変だ。

最初に向かったのはたまり場で、仲間に挨拶したあとは仔猫たちに任せた。

「猫を探してるんだ」サンタが主導権を握った。

「それならここに来て正解よ」ネリーが冗談で返している。でも仔猫たちには伝わっていないようだ。

「じゃあ、見かけたの？」

「なにを？」エルビスが言った。

「だから猫よ」とホリー。

「わかった。説明しなおすよ。知らない猫を見かけたんだ」ぼくは助け舟を出した。

「知らない猫だって？」ロッキーが言った。

「象みたいにおっきかったの」ホリーが説明した。

「とにかくアルフィーおじいちゃんよりおっきかったんだ。そして黒かった」横からサンタがつけ加えた。

「真っ黒だった。それにふわふわしてた」とタイガー。

「青い首輪をしてたわ」

「目は金色」サンタが声を張りあげた。

「お日さまみたいな金色」

ぼくは耳をふさぎたくなるのをこらえ、かわりにしっぽを左右にすばやく振った。

「なるほど、そうか。でもそんな猫は見かけてないな。どこにいたんだ？」ロッキーが訊いた。

「ポリーの家で一瞬見かけたんだよ」ぼくは答えた。「でもこの子たちは、うちでぼくの朝ごはんを食べてるところに出くわした」

「図々《ずうずう》しいわね」ネリーが言った。

みんな同じ気持ちだ。猫は自分の食べ物を守ろうとする意識が強い。

「わたしたちは食器棚に隠れてたの」ホリーが説明した。

「だろうな」エルビスが笑っている。

これではらちが明かない。ここにいる仲間が見かけていないなら、ほかにだれに訊こう。みんなで考えてみた。

「サーモンに訊いてみたらどうだ？」エルビスが提案した。

「だめだよ。サーモンには知られたくない。サーモンもグッドウィン夫妻もポリーの家をいまのままにしておけないって思いこんでるのに、火に油を注ぐような真似はしたくない」

「どういう意味？」タイガーが訊いた。

「サーモンに会っても、ぜったいに、いい？　ぜったいに知らない猫の話をしちゃだめだよ」精一杯鋭くにらみつけると、みんな黙っていると約束してくれた。「じゃあ、ぼくたちはこれからポリーの家に行って、ほかに手がかりがないか確かめてみるよ。だれか一緒に行く？」スノーボールには、ハロルドに会って興奮したあとだから今日は静かに過ごしたいと言われてしまったし、ジョージはハナと休んでいるから、仔猫たちが羽目をはずさないようにおとなの猫に手伝ってほしい。

「おれが行くよ」エルビスが言った。「ちょっとした謎は好きなんだ」

ポリーの家の猫ドアを抜けると、やっぱり猫のにおいがした。かなり強くて、人間にはぜったいわからないだろうが猫より嗅覚が鈍いからしかたない。人間のにおいもするけど、ポリー一家が住んでいたときのにおいが残っているのかもしれないし、クレアがほんとに確認しに来た可能性もある。人間は、においが長いあいだ残ることも、ぼくたち猫にはかなり時間がたってもにおいを感じ取る力があることもわかっていないところがある。警察で人間や物を探す手伝いをしてる犬の話はよく聞くが、ぼくは常日頃から猫に頼めばはるかに早く見つけられると思っている。でも、それはまた別の話だ。

ただ、布団と服の山があるということは、たぶん人間が関わっていて、だとすると余計に心配だ。先にグッドウィン夫妻に見つかったら？　想像するだけでぞっとする。

いくぶん歩くのが遅いエルビスに歩調を合わせる必要があったが、エルビスはどこへ行くのも急いだためしがない。そういえば、エルビスと歩くとじれったい思いをさせられるんだった。ポリーの家に入ったあとは、ばらばらになって調べはじめた。二階は仔猫たちに任せた。例の猫が襲ってくるとも思えない。ぼくたちに見つかったときは二回とも逃げた。喧嘩好きの猫なら決着をつけようとしたはずだ。エルビスがキッチンを調べるあいだに、ぼくはリビングを調べた。服の山がなくなっている。クレアはなにも言ってなかったけど、片づけたんだろうか。でもいまだにここに来ると辛くなるようだから、クレアが来たとは思えない。

念入りに調べ終えたあと、ぼくとエルビスは廊下で合流した。

「キッチンにはなにもなかったぞ、アルフィー。ただ、だれか住んでる気がする」

「でも空き家なんだよ」納得できない。

「ああ、とにかく食べ物のにおいがして、それはキャットフードのにおいだけじゃない。それに人間の姿を見たわけじゃない、感じるだけだ」エルビスがぼくをキッチンへ連れていった。

「そうかな」確信はないが、たしかにキッチンの隅に、前に来たときにはなかったゴミがあった。ぼくはにおいを嗅いでみた。ポテトチップスの空き袋で、チョコレートバーの包み紙もある。

「子どもみたいだね」この手のことには詳しい。子どもが食べそうなものだ。

「子どもたちがここで遊んでるると思ってるのか？」もっと手がかりがないか、あたりを見渡している。

「まあね。アレクセイとコニーがふたりきりになりたくて来てるのかもしれないけど、ふたりとも分別があって行儀がいいから、こんなことしそうにないな」本当だ。アレクセイは数年前のクリスマスイブにコニーと駆け落ちしたけど、うちの物置に隠れただけで、それ以外は一度も悪いことをしたことがないし、コニーもそうだ。「トミーだ」ぼくは言った。「きっとトミーだよ」それなら納得できる。トミーはここが空き家だと知っている。たまにいたずらしても悪気はなく、そもそも悪気のある子じゃない。トラブルを招きがちなだけだ。友だちを連れてきて、空き家をたまり場にして楽しんでいるんだろう。いかにもやりそうなことだ。

「そうだな。だがそれじゃ知らない猫の説明がつかない」

「別々に来てるとしたら？　猫は宿無しで、トミーがいるときは逃げてるのかもしれないよ。トミーはここに来ちゃいけないのを知ってるから、だれにも話さない」自分で言うのもなんだけど、ぼくって天才だ。あっという間に謎を解き、あとは証明すればいい。過去最速と言える。

「かもな」

玄関ホールにいたぼくは、そのとき横にあるクロゼットの扉が少し開いていることに気づいた。

「見て、エルビス。扉がちゃんと閉まってない」ぼくはエルビスとそちらをじっと見つめた。「よし、そっとあけてみるから、少しさがってて。猫か人間が飛びだしてくるといけないからね」

エルビスがうしろにさがった。ぼくは前足を引っかけてそっと扉をあけてから、頭を使って完全にあけた。

「アルフィー、なんだそれは」エルビスがつぶやいた。「見るに堪えない」

しっぽを震わせながら、ぼくはクロゼットをのぞきこんだ。猫も人間もいないけど、ポリーやマットのものとは思えないものが入っていた。寝袋、大きな毛布、枕、大きなバッグ。ぱんぱんになっているバッグの中身は柔らかそうだから、たぶん服だろう。猫のにおいもする。

ぼくはエルビスを見た。エルビスもぼくを見た。

「じゃあ、トミーが来てるか、サーモンが正しいかのどっちかなんだ。だれかが勝手に入りこんでる」そのとき、仔猫たちが階段をおりてきた。

「だれもいなかったわ」ホリーが言った。

「だれかが二階にあがった様子もなかったよ」とサンタ。

「空っぽでさっぱりしてた」タイガーが締めくくる。「ぜんぜんおもしろくなかった」

「ちょっと待って」ぼくはふと思いついた。「バスルームは濡れてた?」

三匹ともぽかんとしている。「確かめよう」みんなで二階へ向かった。

やっぱりぼくは刑事になるべきかもしれない。ずば抜けた才能があるんだから。バスルームに向かい、ドアを押しあけた。床にいくつも小さな水たまりがあり、タオルまでかかっているが、ポリーならタオルをかけたままで引っ越したりしない。

「タオルがまだ濡れてるか確かめて」ぼくは仔猫たちに指示した。濡れた床を歩きたくない。水はできるだけ避けている。三匹がそろってタオルのにおいを嗅ぎに行った。

「ちょっと湿ってるわ」ホリーが鼻でタオルに軽く触れながら言った。

「だれかここにいたんだ。ついさっきまで」自分が思いついた答えのようにサンタが言った。

「そして猫じゃない」タイガーが締めくくる。

「みんな、よくやったね」実際に答えを出したのはぼくでも、褒めれば立派な猫になる意欲が高まるだろう。「これで真相に一歩近づいた」そう言って仔猫たちを廊下に出した。

でもまだ謎は完全に解けていないし、疑問は山ほどある。それでもたしかなことがひとつある。なにが起きているのか突きとめる必要がある。それもサーモンとグッドウィン夫妻より先に、急いで。

Chapter 13

「じゃあ今日は、人間のあとをつける授業をするよ」ぼくはできるだけ先生っぽい口調で言った。練習してきたから、我ながらかなりうまくなってきた。声に権威とやさしさがちょうどよく混ざっているはずだけど、まだ使い慣れていない。

「どういう意味?」ホリーの声に思いをさえぎられた。

この手の質問はもう慣れっこだ。仔猫はこの質問ばかりする。

空き家に勝手に入りこんでいるのが何者かさんざん考えた結果、いくつか打つ手を思いついた。人間の気を引いて、あの家まで連れていく手もある。でも思い直した。もしあそこにいる猫に助けが必要だったら? 猫の飼い主もいて、その人にも助けが必要だったら? ほんとに人間と猫がいるなら、あんまり早くだれかを連れていったら、怯《おび》えて逃げてしまうかもしれない。

その可能性が高いというのがぼくの結論だ。ホームレスの人に会ったことがあるし、ぼく自身も宿無しの経験があるから、ちょっと詳しいのだ。あそこにいる人間と猫がホームレスで、雨風をしのげる場所を探しているなら、追いだすんじゃなくて力になるべきだ。そしてぼくなら力になってあげられる。それがぼくの役目だ。

とはいえ、いちばんありえる答えは、よからぬことをたくらむトミーが友だちとたまり場に使っていて、猫は関係がなく、おそらくトミーがいるときは隠れているか、だれもいないときしか来ないだけだろう。もちろんトミーは夜か週末しかあの家を使えないし、ぼくがトミーに会うのはうちに来るときだけだけど、裏口があるから忍びこむのは簡単だ。シャワーを浴びたり寝袋や服を持ちこんだりしている理由は考えたくもない。まさか友だちと昼寝でもしてるんだろうか。大切な家族には叱られるようなことをしてほしくないから、トミーじゃないことを全力で祈るばかりだ。

あれこれ悩んでもしかたないから、まずは候補からトミーをはずす必要がある。ただ、おとなを巻きこまずにやらなければ。しかも急がないと。

だからトミーに気づかれずにあとをつけることにしたのだ。でもぼくの考えを詳しく話して仔猫たちを混乱させたくない。かわりに必要なことを必要なときに話すだけにするつもりだ。限られた情報でもこの子たちにはじゅうぶんだし、頭をいっぱいにさせずにすむ。ぼくだっていまは頭がいっぱいで混乱してるんだから。

「まずはトミーのあとをつけて、ポリーの家に行くか確かめるよ」ぼくは宣言した。

「おもしろそう」タイガーが言った。「どうやるの？」

「これからレストランの裏庭に行く。今日は学校が休みだからトミーは店を手伝ってるはずだ。それを見張る。ただし、ここが大事なポイントだけど、見張ってるのをぜったい気づかれちゃだめだよ」

「どうやるの？」とサンタ。

「サマーがお姫さまの格好をするときみたいに変装すればいいわ」ホリーが提案した。

「猫に変装は無理だよ」ぼくは注意した。

「そうだ、見えなくなればいいよ」サンタが言った。

「どうやって見えなくなるの？」やれやれ、ぼくだってできるものなら透明になってみたい。きっと楽しいだろう。でもさすがのぼくでもそれは無理だ。

「魔法とか？」とタイガー。

「変装したり見えなくなったりするのは無理だから、トミーに近づきすぎないようにしないとね。必要なら隠れる。ぼくの言うとおりにすれば、ちゃんとできるよ」

「わかった」すっかりはしゃいだ三匹が飛び跳ねている。ほんとにちゃんとできるように祈るばかりだ。とりあえず数時間は。でもこの子たちを見てると自信がなくなる。

スノーボールも参加することになった。レストランまで無事に仔猫たちを連れていくのを手伝ってほしかったのもあるけど、おもしろくなりそうだから見逃したくないとスノーボールが言ったのだ。ガールフレンドがそこまでぼくを信じてないのは心外だったが、いつものことだし、スノーボールが間違っていると証明してみせよう。仔猫たちにはまだ少し手に負えないところがあるけど、ぼくのおかげで順調に成長している。少なくともいくらかは。

うまくいけば、あとをつけたトミーがポリーの家へ行き、そこで友だちかひょっとしたらガールフレンドと落ち合うのがわかるはずだ。そうなったら犯人はトミーだとはっきりするから手を打てばいい。こちらの姿を見せてばれたと知らせてもいいし、それでだめならだれかに知らせるのだ。アレクセイなら面倒なことにならないようにしてくれるだろう。いまのところ百パーセント自信を持てないのが問題だ。でも犯人がトミーなのがはっきりすれば、少なくともいまほどあの家の心配をせずにすむ。まずい、また堂々巡りになっている。

作戦に自信が持てないのは失敗の元だ。ぼくは息をつき、いずれにしても仔猫たちにとってはいい訓練になるんだから、自分やみんなを本格的に混乱させないうちに考えすぎるのはやめようと自分に言い聞かせた。

歩きだしたぼくたちをまぶしい日差しが迎え、今回の冒険が天気のいい日でよかったと思った。今日は計画どおりにうまくいく気がする。仔猫たちを一列に並んで歩かせるのは相変わらず大変で、力を貸してくれるのはスノーボールしかいなかったけど、なんとか裏庭に到着すると、ごみばこがやさしく出迎えてくれた。

「よお、どうした？」今日はやけにご機嫌だ。きっとつかまえたネズミかなにかの数の記録を更新したんだろう。

「作戦があるの。今日はトミーのあとをつけるのが授業なのよ」ホリーが説明するかたわらで、タイガーとサンタはあたりを嗅ぎまわってつかまえるものがいないか調べている。

「理由を訊いてもいいか？」ごみばこがしっぽをひと振りした。

「ポリーの家に忍びこんでるのはトミーじゃないかって疑ってるから、現場を押さえたいんだ。ほんとにトミーだったらまずいけど、知らない人間よりましだ」ぼくは説明した。

「あの家に張りこんでるほうが簡単じゃないか？」

「トミーじゃない可能性もあるのに、仔猫たちをあの家に長居させたくないんだよ」耳打ちすると、ごみばこがうなずいた。もちろんもしこの作戦がうまくいかなければ、張りこむしかないかもしれない。そうなっても仔猫たちを連れていくのは昼間だけにしよう。夜は危険が多すぎる。

「それに、これはあの子たちの訓練の一環なんだ」ぼくはつづけた。「人間のあとをつける方法を身につける必要があるから、いいチャンスになる」

「なるほどな、よくわかったよ。トミーなら家にいる。そろそろ店を手伝いに来るはずだ。営業中、猫はなかに入れてもらえないから、窓越しに見張るしかないだろうな」依然としておもしろがっている。「箱が積みあげてある場所があるから、隠れて見張るにはもってこいだ。トミーがやるのは洗い物だけだから、尾行作戦がうまくいくかわからないが、おれが口出しすることじゃないな」

「ありがとう、ごみばこ。すごく助かったよ。みんな、わかった？　情報収集の授業はもう始まってるんだよ」

ぼくは仔猫たちを集めて指示を出したが、作戦の主導権は三匹に任せ、ぼくはもしものときに助けるだけにするつもりだった。簡単な作戦だから、仔猫たちだけでできるはずだ。スノーボールはぼくほど自信がない顔をしていたが、見守っていられる陽だまりを探しに行った。あんな態度で力になってもらえるんだろうか。

まず最初に、仔猫たちは裏口のそばでトミーが出てくるのを待つことになる。出てきたらすぐそばにあるレストランまで、こっそりあとをつける。トミーが働いているあいだ、箱の陰から見張る。ごみばこによると、働くのはたいていたったの二時間程度らしい。仕事を終えたらあとをつけ、そのときはぼくも一緒に行く。まずい状況になったときのために、ごみばこにもつき合ってほしいと頼んである。スノーボールには、ごみばこが一緒に行ってくれるなら安心だと言われた。そんなわけで、すべてうまくいけば、あとをつけたトミーがポリーの家に行き、謎が解けるだろう。それともトミーが別の場所に行って、謎が解けないか。ああ、また心配ばかりしている。

裏口からアレクセイと一緒に出てきたトミーは、ぼくたちを見て驚いたようだった。

「みんな、どうしたの？」

「ミャオ」ぼくはうっかり秘密がばれないように答えた。トミーがレストランへ歩きだすころには、仔猫たちはちょっと興奮しすぎていたのだ。

「ちょっと、足を踏まないでよ、タイガー。あれ、サンタかな？」うまく歩けず、ぎこちなく足を踏みかえている。

「おまえが好きなんだよ」ホリーのしっぽにつまずいて転びそうになったトミーを見てアレクセイが笑っている。

ぼくはあきれていた。こんなに目立つことをしているのが信じられなかった。気づかれてはだめだと言っておいたのに。

「じゃあ、ぼくはコニーの家で勉強してくるよ、トミー。アルフィーたちも一緒に行く？」

「ミャオ」行かない。ぼくはその証拠に腰をおろした。

「なんでみんなぼくの足元にまとわりつくんだよ」仔猫たちのせいでろくに歩けずにいるトミーが、文句を言いながらなんとかレストランにたどり着いた。

「上手だった？」タイガーが訊いた。ぼくたちは、戸惑いきったトミーが仕事をしに行ったレストランの外に集合していた。

「まあ、もう少し目立たないようにやってもよかったかもね」

「でも、どうやるの？」とホリー。

「よし、おれがつけ方を教えてやろう。いいか、もしネズミがいたら……アルフィー、ネズミのふりをしてくれ」ごみばこにそう言われ、むっとした。ぼくが？　ネズミのふり？　冗談じゃない。ぼくはごみばこをにらみつけた。

「わかったよ。ネズミはやめて、おまえのままでいい。おれがあとをつけるふりをする」

「それならいいよ」仔猫の学校のためだ。裏庭を横切って歩きだすと、ごみばこが仔猫たちを指導しながらついてくるのがわかった。少し時間はかかったが、そのうち仔猫たちもこつをつかみ、少なくともどうにかぼくに気づかれずにあとをつけられるようになった。

まあ、ほんとは気づいてたけど。

「ホリー、しっぽを踏むなよ」サンタが小声で文句を言っている。

「タイガー、前に行きすぎよ」ホリーの声。

「行ってないよ、うるさいな」とタイガー。みんなの声がしっかり聞こえる。

「よし、もう一度やるぞ。スタート地点に戻ろう」ごみばこが忍耐を見せ、もう一度やり直した。さらにもう一度。

トミーがレストランから出てきたときには準備ができていた。みんなで大きなゴミ容器のうしろに隠れていた。ぼくの合図で仔猫たちが歩きだし、ごみばこがつづいた。トミーが裏庭を出ていく。立ち止まってうしろを見たので、ぼくたちはあわてて茂みの陰に身を寄せた。なかなかうまくいっている。トミーはまったく気づいていない。携帯電話を出し、メールを送るか読むかしたあと、また歩きだした。足取りが軽いから、行き先がどこであれ、かなり嬉しそうだ。

エドガー・ロードの方角へ進んでいるのでやっぱりと思ったが、トミーはそちらへ向かう角を曲がらず、道の反対側へ渡ろうとするように交差点で足を止めた。

「そんな、ほかの場所に行こうとしてる」ぼくは言った。トミーが道を渡っていく。歩道に立ってそちらへ目をやったぼくは、尾行はやめるしかないと思った。あっちの道は広くて混んでいる。それにトミーの行き先がエドガー・ロードじゃないのは明らかだ。

「サンタ！」ぞっとして思わず叫んでしまった。歩道の縁に立っていたサンタに道を渡ろうとした人がぶつかり、突き飛ばしたのだ。サンタが車道へ飛ばされる姿がスローモーションに見えた。クラクションが鳴り響き、一台の車が急ハンドルを切った。心臓が口から飛びだしそうになった。

　ぼくは大声をあげ、走りだした。ちらりとうしろに目をやると、スノーボールがタイガーとホリーを呼び寄せていた。ごみばこがぼくを追い越して車道にいるサンタに果敢に駆け寄り、別の車が来る寸前に首筋をくわえた。

　サンタは三匹のなかではいちばん大きいけど、力の強いごみばこが安全な場所まで苦もなく運んできた。だれかの庭にある茂みの横でがたがた震えるぼくたちが、サンタが危機一髪だったと理解するまでしばらくかかった。鼓動が激しすぎて、心臓が胸から飛びでそうだった。

「だから車道に近づきすぎちゃいけないって言ってるんだよ」呼吸が普段のペースに近くなったところで、ぼくは口を開いた。

「でもぼくは悪くないよ。だれかに突き飛ばされたんだ」サンタがわめいた。

「そういうことがあるから、車道に近づいちゃいけないんだ」ぼくはくり返した。サンタが轢《ひ》かれそうになったときの恐怖がまだ生々しい。

「いいのよ、サンタ。肝心なのは、あなたが無事だったこと」スノーボールがサンタに頭をこすりつけ、怒ってはだめと言いたげにぼくを見た。サンタはまだ子どもなんだから。

「ねえ、サンタが悪いとは言ってないよ。悪いのは間違いなく人間だった。でもね、これでわかったよね、どうしていつもできるだけ車道から離れていなきゃいけないか。それと、ごみばこ、ほんとにありがとう」針が跳ぶレコードみたいなしゃべり方をしている自覚はあったけど、車道に近づかずにいる大切さはいくら強調してもやりすぎにはならない。もっとも、これからはこの子たちももっと用心深くなってくれたらと思う。

「礼には及ばないよ」ごみばこが謙虚に応えた。「だがな、アルフィーの言うとおりだ。だれかのあとをつけていても、歩道の車道からいちばん遠い場所にいなきゃいけない。まあ、怪我がなくてなによりだったな、サンタ。おまえは勇敢だから、きっと立派な猫になる」

　褒められたサンタが元気になった。

「ぼくも勇敢だよ」タイガーが言った。

「みんな勇敢だけど、もう試そうとするのはやめてよ、お願いだから」ぼくは三匹にさらに身を寄せた。「大事なみんなに痛い思いをしてほしくない」ジョージはなんて言うだろう。今回は話さないほうがいいかもしれない。ぼくはスノーボールを見た。だめだ。ジョージにはぜったい知られないほうがいい。


「これからどうするの？」その場でじっとしたまましばらくたったころ、サンタが言った。

「そうだな、うちに帰って作戦を立て直そう」サンタが危機一髪だったせいでまだ動揺が収まらず、ポリーの家のことをろくに考えられない。

「でもトミーはどうするの？　作戦は失敗だったの？」

「そんなことないよ、みんなすごく上手にあとをつけてた。調査の役に立ったし、トミーは気づきさえしなかった。まあ、少なくとも二回めは。だから今日はいい授業になった」明るい口調で言おうとした。

「ポリーの家はどうするの？」ホリーが訊いた。ぼくはごみばこに目を向け、ひげを立てた。

「猫は一日にして成らず」ぼくは言った。

「なにそれ、どういう意味？」タイガーが訊いた。

「焦らずに、計画を立て直す必要があるって意味だよ」

ごみばことにぎやかに別れを告げたあとは、スノーボールが最後列につき、サンタには車道からできるだけ離れた場所を歩かせ、これ以上事件が起きないように一緒に気をつけてくれた。

次なる作戦は、ポリーの家に張りこむことだ。仔猫たちには言わずに。スノーボールにも相談したら、それがいちばんいいと言われた。だから一緒に家のなかを見てまわり、だれもいなかったらだれか入ってこないか裏口の前で待ちかまえるつもりでいる。猫と、たぶん人間もいるに違いない。トミーを完全に除外することはできないにしろ。ただ、今日あんなことがあったから、状況がわかるまで仔猫たちを遠ざけておいたほうがいいという確信がいっそう強まった。あの子たちを巻きこむ前に安全を確認しようと決意したぼくとスノーボールは、まさに今夜それをやるつもりでいた。

Chapter 14

ちょうど出かけようとしていたとき、大騒ぎになった。仔猫たちを連れたジョージがキッチンに現れ、預かってほしいと言ってきたのだ。ぼくはがっかりしたが、ジョージがやけに取り乱しているのに気づいて不安になった。

「なにがあったの？」

「ハロルドだよ。発作を起こしたんだ。よくないみたいで、シルビーとマーカスがこれからホームに行く。ふたりともすごく取り乱してる。だからきっとまずい状況なんだ。ぼくも一緒に行きたくてたまらないけど、荷物に潜りこむ勇気がない。なにかわかるまで隣でハナと待っていたいけど、ぼくが心配してるのが仔猫たちに伝わっちゃうのがいやなんだよ。だから、特別なご褒美にパパの家に泊まらせてあげるって言ったんだ」一気にまくしたてるジョージの話を聞いているうちに、張りこみに出かけようとする気持ちが一瞬で消え、ハロルドへの心配にとってかわった。ああ、どうかハロルドがだいじょうぶでありますように。それにジョージが心配だし、スノーボールに伝えなければいけないのも心配だ。「だいじょうぶ、任せて。でもなにかわかったらすぐ教えに来てね。ハロルドのためにお祈りしてるよ」ぼくはジョージに顔をこすりつけ、しかたなく見送った。

とりあえず張りこみは中止にするしかないので、みんなで寄り添って慰め合った。なにも心配ないと仔猫たちを安心させようとしたが、自分がほんとにそう思っているのかわからなかった。歳を重ねるということはときに残酷だ。猫にとっても人間にとっても。

仔猫だったころ、最初の飼い主だったマーガレットはだんだん歳を重ね、ついにぼくを残して天国へ旅立ってしまった。マーガレットの前には、姉さん猫のアグネスを亡くした。歳を取ることや死ぬのがどういうことか、ふつうの猫が知りたくないことまでぼくは知っているけれど、生きていれば避けられないのもわかってる。生きるうえで最悪なことだ。

ぼくは仔猫たちにハロルドの話をした。ホームに入る前の思い出話を。ジョージと初めて会ったとき「うせろ」と言ったけど、ジョージは自分の名前が〝うせろ〟だとハロルドが思っていると勘違いして、そのあと仲良くなったこと。ぼくは怖かったこと。ハロルドがジョージに向かって杖《つえ》を振りまわしたのでジョージが怪我をするんじゃないかと思ったこと。でもジョージが決してあきらめなかったのがどれほどすばらしかったか、そしてハロルドが倒れたときは、ぼくたちで助けたこと。それがターニングポイントになって、ぼくたちの友情が始まったこと。とりわけハロルドとジョージが仲良くなったこと。

それをきっかけにハロルドは疎遠になっていた息子のマーカスとまた会うようになり、ぼくたちは一緒に楽しい時間をたくさん過ごした。その後スノーボールがハロルドと暮らすようになったが、その時点でハロルドはすでにいくつか健康上の不安を抱えていた。そのうちのひとつが、ジョージの有名なお見舞い騒動につながる。あとをつけたぼくにパグのピクルスもついてきたせいで、みんな見つかってしまったのだ。あのときは、ほんとに大変だった。

ハロルドとジョージが、ひとりぼっちの人を慰めるために日曜日の昼食会を思いついたとき、ぼくはふたりがすごく誇らしかった。おかげで昼食会はいまもしっかりつづいている。

スノーボールと暮らすようになったあと、しばらくは万事順調だった。ハロルドは盛大なクリスマス会でサンタクロースを演じ、それは仔猫たちが生まれた年でもあった。ハロルドは舞台の上で居眠りしたうえに、あんなに不機嫌なサンタは見たことがなかったけど、みんなに好かれていた。それはいまも変わらない。

ぼくは思いつく限りの出来事を話して聞かせた。ハロルドはジョナサンとサッカーの試合を観るのが好きなくせに、しょっちゅう言い争いになる。マーカスをからかい、それでもマーカスはとてもいい息子でいる。孫のテオが生まれておじいちゃんになったのが嬉しくてたまらず、コニーをあっさり家族として受け入れ、ぼくたちのことも家族にしてくれて、情け深くやさしい面を見せてくれる。怒鳴り散らすけれど、とてもやさしい人。それがぼくの思うハロルドだ。

話を聞くうちに仔猫たちが眠りこんでしまったので、去年ハロルドが倒れたときはスノーボールがクレアたちに知らせ、すぐさま入院になった話はしなかった。発作のあとは体調が思わしくなく、特別な治療を受けられるホームに入らざるをえなかった。マーカスは自分が一緒に暮らすからだいじょうぶだと訴えたのに、ドクターに無理だと言われてしまったのだ。そのあとは、このあいだ帰ってきたときみたいに元気になることもあれば、いまみたいに具合が悪くなることもあった。

眠る仔猫たちを見つめながら、ぼくはハロルドがいなくならないように祈ったが、いまの暮らしが本人が望むものでないのはわかっていた。体調がいいときでも機嫌が悪いけど、ひとり暮らしができなくなったことでショックを受け、悲しんだ。うまく会話ができなくて苛立《いらだ》ちをつのらせた。家族や友だちや日曜日の昼食会のメンバーに会いたがった。歳を取っても立派にひとり暮らしをしている人はいるし、エドガー・ロードにもたくさんいる。でもハロルドはもうそうではなくなったのが、すごく悲しい。ハロルドはぼくたち猫にも会いたがっていて、なかでもジョージとスノーボールに会いたがっている。

そのとき、ふと気づいた。このあいだ帰ってきたのがたぶん最後だったのだ。ハロルドなりにお別れを告げるために力を振り絞ったのだ。肘掛け椅子に座り、ぼくたち猫や子どもたちに囲まれているハロルドの姿が目に浮かぶ。あのときのハロルドは幸せだった。スノーボールや仔猫たちと丸まっているぼくの毛に、悲しみがじわじわ染みわたっていった。恋しい人間がまたひとり増えてしまう。そういう相手がどんどん増えていく。何度経験してもさよならを言うのは辛いけど、いまその状況にあるのはわかっていた。


翌朝早く、ジョージに起こされた。マーカスとシルビーはついさっき戻ったばかりだった。夜のあいだにハロルドは旅立っていた。マーカスとシルビーにずっと手を握られたまま、安らかに息を引き取ったらしい。ぼくは言われなくともわかっていたと、少なくともそんな気がしていたとはジョージに言わず、ただ慰めた。そして仔猫たちとスノーボールは起こさずに、ジョージと外に出た。

「話しかける夜空の星が増えたね」ぼくは言った。

「うん。もうハロルドに会えないなんて信じられないよ。でもパパにはお礼を言いたい」

「なんの？」

「パパに言われてホームに忍びこんだとき、ハロルドはほんとに元気になったから、それでぼくたちに会いに帰ってこられたと思うんだ。それに、ハロルドはお別れを言いに来たんだよね」

「ゆうべぼくも同じことを考えてたよ」ときどきついジョージを見くびってしまうが、やっぱりぼくの息子だけのことはある。

ぼくたちは寄り添い、泣きそうになりながら笑みを浮かべた。

「寂しくなるな」ジョージがつぶやいた。

「わかるよ。みんな同じ気持ちになるだろうけど、ジョージはだれよりもそうなるだろうね。でもぼくがついてるし、追悼式みたいなことをやってもいい。タイガーママにしたみたいに。みんなでたまり場に集まって、それぞれとっておきの思い出話をするんだ」

「いいね」ジョージが横たわった。悲しみで毛が震えている。「でもいますぐは無理。もう少ししてからにする」

「仔猫たちも誘おう。まだ子どもだってジョージは心配するかもしれないけど、自分なりのさよならを言うのはあの子たちのためになると思うんだ。人間のおじいちゃんみたいな存在だったからね」

「何度やってもさよならを言うのは辛いね」

「うん。やらなきゃいけないことのなかで最悪だけど、生きていれば避けられないことでもある。それも一度じゃすまない」

「そうだね。しかもぼくもパパも上手になってない。とりあえずぼくは帰って眠るように頑張ってみる。もう少し仔猫たちをここにいさせて、なにがあったか話してやってくれる？　マーカスとシルビーはすごくショックを受けてるんだ。そのうちシルビーがクレアに電話して、コニーが学校に行ってるあいだテオを預かってもらえないか頼むはずだから、今日はあまりこっちの家に近づかないようにしたほうがいいかもしれない。みんなを少しひとりにしてあげよう」

「わかった」

「ありがとう、パパ」

「パパというのはこういうときのためにいるんだよ。それにジョージだって立派なパパだ。それを忘れちゃだめだよ」

Chapter 15

猫だけで追悼式をやることにしたのは、人間がハロルドにお別れを告げるために近所の葬儀場で催す式に猫は行けないからだ。またしても〝猫お断り〟の場所。でも別にかまわない。猫には猫のさよならの告げ方がある。ただ、ぼくたちはいまも悲しんでいて、ジョージはとくにそうで、猫なりに猫のペースでハロルドの死を嘆いていた。

言うまでもないことだが、仔猫たちは死についてしつこく質問攻めにしてきた。とにかくぼくにはしつこく訊いてきた。

「死んだらどこに行くの？」ホリーが訊いた。

「苦しいの？」サンタが尋ねた。

「ぼくは死なないよ、ずっと生きてると思うな」タイガーが言った。これには答えようがなかった。

お葬式の日の朝、チャイムが鳴ったので玄関へ走ると、クレアがあけた扉の前にマットとポリーがいた。

「ああ、来てくれて嬉しいわ」クレアが言った。ぼくはマットの胸に飛びついて顔をこすりつけた。

「子どもたちの送り迎えと、そのあと見ていてくれる人が見つかったの。大急ぎで帰らなきゃいけないけど、お葬式にはどうしても出席したかったの」ポリーが泣きだし、クレアを抱きしめた。

「数時間しかいられないのは残念だし、こんな理由で帰ることになって余計に残念だ」マットがジョナサンと握手し、涙をぬぐった。マットは泣くのを見られても気にしない。感情を表に出すのに抵抗がないぼくと同じだ。

ふと、ふたりの家のことが頭をよぎった。今日家に寄るつもりだろうか。あの黒猫を見つけたり、人間がいそうな気配を感じたりするだろうか。まだ張りこみをできずにいる。

到着したのはお葬式にぎりぎり間に合う時間だったけれど、式が終わったあとは時間があるんだろうか。確認しに行ったほうがいいだろうか、ハロルドに起きたことをそっちのけにして？　ぼくが謎を解く前にポリーとマットが家のなかでだれかを見つけたら？　それはぜったいまずい。

みんなが出かけてしまうと、ぼくはパニックになってスノーボールを探しに行った。

「今日は行かないわよ」スノーボールが言った。

「なんでそう思うの？」

「ふたりとも急いでいたから。実際そう言ってたし、すごく悲しんでもいる。空っぽになった家を見て、もっと悲しい思いをするなんて、いちばんやりたくないことだもの。でもあなたの気がすむなら、見に行ってもいいわよ」

「うん、行きたい」スノーボールの話はもっともだけど、立ち寄らないとは言いきれない。いまもふたりの家であることに変わりはないし、どうしてまだなにも手を打っていないのかがわからなくなってきた。なんだか新たな謎が生まれたみたいだ。

でも、ぐずぐずしてはいられない。猫のお葬式の用意がある。あるいは追悼式の。仔猫たちはハロルドの死も追悼式がどういうものかもよくわからずにいるので、何度も説明してやらなければいけなかった。悲しむ仔猫たちにお葬式について話した。いなくなってしまった人に別れを告げ、どれほど大切に思っていたか伝える場だと。とうぜんお葬式という考え方は三匹の好奇心をそそり、なにをするのか知りたがった。ぼくも行ったことがないからさっぱりわからないと打ち明ける気にはなれなかったが、ぼくたちもハロルドのために猫なりの特別な式をやると話した。すごく悲しい集まりになるのは明らかなのに、仔猫たちはかなりわくわくしている。やっぱり子どもだ。

「わたしはとっておきの思い出話をするわ」ホリーがかわいらしく言った。追悼式は愛情を持ってハロルドを懐かしむ場で、とっておきの思い出話をしてその愛を共有できるようにするんだと教えてある。生きたことを称《たた》えるのだ。いっぱい泣きながら。もちろん仔猫たちの場合はかくれんぼもしながら。

ジョージはすっかり黙りこんでいて、ハロルドがいなくなったことに打ちのめされているのがよくわかったので、ぼくとスノーボールで仔猫たちを呼び寄せ、見栄えをきちんと整えさせた。相変わらず果てしなく質問され、よくこれだけ質問を思いつくものだと思わされた。どうなることかと思ったが、なんとか外に出てたまり場へ向かった。ただ、はっきり言ってぼくはすでにへとへとだった。

大好きな仲間のネリーとエルビスとロッキーが手伝いに来てくれた。ハロルドのことはあまりよく知らなかったのに、かわいがっているジョージのために来てくれたのだ。仔猫たちをおとなしくさせておくのも手伝ってもらえるから助かる。タイガーは木に登りたがり、サンタはかくれんぼをしたがり、おとなしくしているのはホリーだけだった。

ジョージとハナが近づいてきて、ハナが仔猫たちに顔をこすりつけた。大切なだれかを亡くすと、まだいる相手との絆をあんなふうにいつもより少し強めたくなるものだ。もちろんいつもそうするべきだけど、日々の暮らしのなかではそうもいかない。死についてぼくには学んだことがある。一生がどれほど短いか思い知らされる一方で、どう生きるべきかを改めて考えるきっかけにもなる。毎日を「今日が人生最後の日だと思って過ごしなさい」と言う人もいるけれど、ぼくはそうは思わない。大切な贈り物と思って一日一日を楽しむべきなのだ。実際そうなんだから。これは微妙な違いだけど、大事なことだと思う。命は終わりがあるものだと考えず、できるだけ楽しむものと考える。当たり前のものだと思わず、目いっぱい楽しむ。そして大切に思ってくれる相手や自分にとって大切な相手のことも、当たり前と思ってはいけない。一日一日がありがたいものであるように、日々の暮らしを豊かにしてくれるみんなもありがたいものなのだ。

またセンチメンタルになってしまった。ぼくは気を取り直して、まわりのみんなに注意を向けた。

「心の準備はできた?」ジョージに問いかけ、ハロルドの追悼式が始まった。

ジョージはハロルドとの友情がどんなふうに育まれていき、それが自分にとってどんな意味があったか、とても上手に語った。

「タイガー、じっとして」ぼくは隣でもじもじしているタイガーに小声で注意した。サンタはスノーボールの隣で静かに寝息を立てていて、タイガーはおとなしくするのに苦労している。でもまだ仔猫だから、おとなのようにじっとしていられなくても大目に見てあげよう。ただホリーはどうにか我慢しているようだった。

クレアとジョナサンはハロルドのお葬式に子どもたちを連れていくかかなり相談し、最後にはトビーとサマーに決めさせた。ふたりとも行きたがった。

「すごくよかったよ、ジョージ」ぼくは話し終えたジョージを褒めた。サンタ以外の家族に囲まれている。支えて愛情を注いでくれる家族がたくさんいてよかった。

「仲がよかったハロルドにお別れを言うにあたって、思いだすのは楽しいことばかりです」ぼくはじっくり真剣に考えてきたことを話しだした。「ハロルドが幸せだったときのことを思いだします。あるいはすごく幸せだったときを。もっとも、なぜか不満を言ってると幸せそうだったけれど。一緒に過ごす時間は、いつも楽しかった。ハロルドに出会えてよかったし、いなくなって寂しいけれど、友だちになれたことはいまでも感謝していますす」ぼくは締めの言葉に入った。「だから、さようなら、ハロルド。ハロルドのことは、決して忘れません」

そのあと少しのあいだ無言の時間が流れ、仔猫たちは静かにじっとしているのに苦労していた。サンタまで目を覚ましてもぞもぞしていたが、やがて追悼式が終わった。

「ちょっとハロルドの家を見てくる」ジョージが言った。「ぼくだけで」ひとりになって気持ちの整理をしたいんだろう。どうやらまたぼくが子守りをすることになりそうだ。

「わかった。じゃあ、みんなで遊ぼうか。かくれんぼと木登り、どっちがいい?」多数決をとったところ、二対一でかくれんぼをすることになり、またしても仔猫たちがどこに隠れているかわからないふりをして楽しい時間を過ごした。

ハロルドが喜んでくれていたらいいと思う。

ようやくポリーの家を見に行けるようになり、そちらへ向かっていると、ポリーとマットがシルビーの家から出てきて車に乗りこむのが見えた。どうやら自分たちの家には行かなかったようだ。さよならを言おうと駆け寄ったら、出発する前に撫でてくれたので嬉しかった。これもさよならだけど、少なくとも永遠のさよならじゃない。

Chapter 16

ここ数日、悲しい雰囲気がずっしり立ちこめている。みんなそれを感じ、人間も猫もそれぞれが自分なりに闘っていた。でも仔猫たちは出かけたくてうずうずしているので、ぼくは悲しみを表に出さず、出すのはひとりのときかスノーボールといるときだけにした。仔猫たちに悟られたくなかったし、自分の気持ちを持て余しているジョージにも悟られたくなかった。かわいそうに。これ以上人間や猫を失わないようにしてやりたい。気持ちを楽にしてあげたいのに、さすがのぼくでも無理だ。

クレアたちはぼくほど感情を隠すのがうまくない。ジョナサンはいつにも増してむすっとしていて、ハロルドと同じぐらい不機嫌だ。クレアは泣いてばかりいる。しょっちゅうシルビーに会い、シルビーも泣いてばかりいる。いたるところで涙が流されている。マーカスはそのほうが気が紛れると言って仕事に復帰した。

子どもたちも悲しんでいるが、テオは幼すぎて状況が理解できない。アレクセイはいっそう思いやり深くなり、コニーが心の整理をできるように力を貸している。フランチェスカはせっせとみんなに食べ物を届けることで乗りきっている。ポリーとマットはお葬式のあと、以前の家には寄らずに家へ——新しい家へ——すぐ帰っていったが、クレアは毎日ポリーに電話をかけていて、また涙を流している。人間の涙の量には限りがないんだろうか。どうやらないらしい。

悲しみながらも乗り越えようと頑張っているジョージとは、あたりさわりのない話をした。自分が落ちこんでいるのが仔猫たちに伝わらないようにしてくれるのがいちばん助かると言われたので、スノーボールとそうしている。でも楽ではなかった。仔猫の学校のためにいろんなアイデアを考えだすのにこれまで以上に時間をかけ、申し訳ないとは思ったけど、ネリーやエルビスやロッキーにも臨時の先生役を務めてもらった。なにもかもぼくひとりでできるはずがない。はっきり言えば、どんな猫にも無理だ。

しかもぼくには人間の世話もある。クレアはだれよりも落ちこんでいる。ポリーが引っ越してしまったのに、今度はハロルドまで失ったのだ。フランチェスカが励まし、ぼくもできるだけ慰めている。こういうとき、フランチェスカとぼくはチームを組む。ただ、フランチェスカはすごく忙しいから、ぼくが期待するほどクレアといる時間をつくれないのはわかっていた。

「クレア、パートの仕事でも始めてみたら?」ある朝、キッチンのテーブルでクレアとコーヒーを飲んでいたフランチェスカが言った。「わたしはレストランの仕事でおおわらわで、いまは料理より事務仕事をするほうが多くなってるけど、気が紛れるわ」フランチェスカとトーマスが数年前に始めた店は、いま四軒に増えている。最高のポーランド料理店として知られ、共同経営者がいるけどみんなすごく忙しい。トミーまで手伝いに駆りだされているが、実際どれだけまじめに働いているかよくわからない。

「ミャオ」ぼくは座り心地のいいフランチェスカの膝の上から声をかけた。名案が浮かんだのだ。クレアはフランチェスカの店で働けばいい。そうすればやることができるし、友だちに囲まれて孤独を感じずにすむ。

「仕事はしたいわ。自分のためになにかしたい。でも時間の融通の利く仕事じゃないと、子どもがいるから」

「ミャオ」ぼくはくり返した。だからフランチェスカの店で働くんだよ。まったく、ぼくがいなかったらみんなどうするんだろう。ぼくはテーブルの上を行ったり来たりして、名案を伝えようとした。

フランチェスカとクレアならうまくやれる。間違いない。友だち同士、よく褒め合っているんだから、仕事の場でもできないはずがない。クレアほどなんでもてきぱきこなす人間をぼくは知らないし、フランチェスカほど感じのいい人はいない。

ようやくふたりがこちらを見た。ぼくはミャオと鳴き、ふたりのあいだを行き来した。何度かやると、ようやくフランチェスカがにっこりした。

「実はマーケティングを手伝ってくれる人を探してるの。あなた、マーケティングの仕事をしてたわよね？　それに、そうしたければほとんどの仕事は自宅でしてもいい。あなたなら、うちで働いて、メニューのデザインやＳＮＳや宣伝やライバル店への対処を手伝ってもらえる。クレア、きっとうまくいくわ。一緒に働きましょうよ。それにあなたならきっとうまくやれる。なんでも計画的にきちんとこなすのが上手だもの」フランチェスカがまさにぼくの思っているとおりのことを言った。

「そうすれば、いまみたいに時間を持て余している感じがしなくなるし、うじうじすることもなくなるけど、親切で言ってくれてるなら申し訳ないわ」

ぼくがしっぽをひと振りすると、たまたまフランチェスカの顔にあたってしまった。

「アルフィー、くすぐったいじゃない。違うわ、親切で言ってるんじゃない。さっき言ったようなことはわたしよりあなたのほうが得意だからよ。とりあえずちょっとやってみるのはどう？　パートタイムの臨時仕事として。トーマスもこのあいだ、手伝ってくれる人が必要だって言ってたの。無理だと思ったら、気にせずやめればいい。ただし、お給料はあまり払えないわよ」ふたりで笑っている。クレアがテーブル越しにフランチェスカの手を取った。

「フランチェスカ、ありがとう。ただジョナサンは、わたしが働いたら自分の生活が破綻すると思うでしょうけど」

「まあね、たしかにトーマスが最初の店をオープンしたとき、わたしはぜんぜん彼に会えなかった。彼を置いてポーランドに帰ったときは、そのまま戻るのはやめようと思ったぐらいだったけど、なんとか解決したわ。ジョナサンは、あなたがどれほど子どもたちの世話をしてきたか、どれほどポリーの力になってきたか、わかってないのよ。ハロルドのためにも、あなたはいろんなことをしてた」クレアが涙をこぼすのを見て、手をぎゅっと握りしめている。「あのころのあなたはすごく忙しかったけど、ジョナサンの生活は破綻しなかったでしょう？　あれに比べれば、ぜんぜんたいしたことないわ。なんなら三カ月のお試し期間を設けて気に入るか確かめてもいいわ。そのころにはもっとましな仕事がしたくなってるかもしれないしね。そうなっても気にしないで。わたしは大事な友だちに幸せになってほしいだけだから」

「なんだか楽しそう。スプレッドシートをつくってもいいわね」久しぶりにクレアの瞳がきらきらしている。ぼくのアイデアがどれほど完璧だったか改めてわかった。クレアはすごくまめで、それが性に合っているから、フランチェスカを手伝うのは理想的な仕事になるだろう。それにポリーやハロルドのことを考えずにいられるものが必要だ。ここでの役目は果たしたと思ったぼくは、居心地のいいフランチェスカの膝に戻った。

「子どもたちはどうしてるの？」クレアが尋ねた。

「アレクセイは試験が近づいて緊張してるけど、あなたも知ってるとおり、成績がよければ遠くの大学に通うことになるわ」

ぼくは前足で耳をふさいだ。アレクセイが遠くへ行ってしまうなんて考えたくない。もうだれとも別れたくない。たとえ定期的に帰ってくるとしても。

「希望してる大学はいいところだけど、遠いわね」

「ええ。ただ近くの大学にしたほうがいいんじゃないかと言いだしてるのよ。そうすれば家から通えるし、お金の節約にもなるから。でもわたしたちが協力するから、行きたい大学へ行きなさいって言ったの。わたしもトーマスも大学には行けなかったから、あの子にはあらゆるチャンスをあげたいの」

「そうね、勉強だけじゃなくて大学でたくさんの友だちにも出会うでしょうし。アレクセイを応援してあげて。コニーと離れ離れになるのを心配してるの？」

「たぶん」コニーはロンドンの大学に行くつもりでいる。ひとり暮らしをするような話をしていたが、当面は実家で暮らす気がする。コニーはシルビーととても仲がいいし、弟のテオをすごくかわいがっているから、家を出たがるとは思えない。いずれにせよ、すぐには。

「心配ないわ、フランチェスカ。アレクセイはしっかりしてるもの」

「トミーと違ってね。あの子が大学まで進めたら奇跡だわ。もっと勉強しないと中学修了試験にパスできないって言われてるのに、あの子は学校が好きじゃないでしょう？　アレクセイの話だと、トミーと仲のいい子たちは悪い子じゃないけどちょっとやんちゃで、勉強熱心じゃないみたいなの。問題よね。もともと頭はいいのに、勉強が好きじゃないだけだから、余計に」

「アレクセイにとっての〝やんちゃ〟は、宿題を期限までに提出しないでAの成績を取らないことだけどね」クレアが笑い、フランチェスカも笑った。

「わかってるの。それぞれ個性があって、トミーはすごく楽しい子だって。でも心配なのよ。試験を受けずに卒業することになっても、うちの店を手伝えばいいだけだって言うのよ！　楽な仕事みたいに。死ぬまであの子の面倒を見るはめになった自分が目に浮かぶわ！」また笑っている。

「心配ばかり。どの親もそうね」

「ミャオ」同感だ。親は心配せずにはいられない。一分たりとも。

クレアとフランチェスカを相手にまたしても大成功を収めた翌朝、学校に来る仔猫たちを待つあいだ、ぼくはちょっと得意な気分になっていた。ここ数日はみんないくらか落ちこんでいるせいで授業があまりおもしろくなかったのは自分がいちばんよくわかっていたから、仲間の猫に木登りに連れていってもらったり隠れ方を教えてもらったりして、とにかく外で過ごしてあまり考えずにすむようにしてきた。

でも、仔猫たちが多少なりともぼくを手伝えるレベルになるまで頑張らないと。ぼくひとりでやることには限界がある。昨日のクレアとフランチェスカとのやりとりがいい例だ。人間の話をよく聞いて、こちらの意思を伝えるやり方を仔猫たちに教えよう。一筋縄ではいかなそうだが、スノーボールに人間役をしてもらってぼくが手本を見せようと思っている。スノーボールは乗り気じゃないが、大事なことだ。それに経験豊富なぼくに教えてもらえて仔猫たちも幸せだ。

「じゃあ、今日は――」話しはじめたぼくは言葉を切った。「タイガーは?」

サンタとホリーが振り向いた。

「さっきまでいたのに」サンタが言った。

「ええ、すぐうしろにいたわ」とホリー。

「サンタ、ホリー。また居場所を知ってるのに隠してるなら、ろくなことにならないよ」

ぼくは口調を険しくした。今日はいたずらにつき合っている場合じゃない。そんな気分じゃない。

「違うわ、ほんとに家を出るときはうしろにいたのよ。タイガーはちょうちょを見かけて……ちょうど裏門の近くだった」ホリーが説明した。

「すぐ追いつくって言ってた」

「わかった。スノーボールとここで待ってて。どこにも行っちゃだめだよ」険しい口調で告げた。

「イエッサー」スノーボールが茶化してきたので、しっぽをひと振りしてやった。

「きみに言ったんじゃないよ」

ぼくは小走りでタイガーを探しに行った。苛立ちは消えなかったが、蝶を追いかけたくなる気持ちも理解できた。なにしろすごくおもしろいのだ。そういえば、しばらくやってないな……それはさておき、裏門に着いてもタイガーの姿はなかった。通りを見渡してもいない。家に戻って改めてうちの裏庭を調べた。やっぱりいない。ぼくは家のなかに戻った。

「いない」ぼくは言った。「みんなで探そう。だれかいそうな場所に心当たりはある？

いますぐ言えば叱らないよ」今度はなにをたくらんでいるのか知らないが、ホリーとサンタもグルならすぐわかる。

「ほんとだよ、ほんとに知らないんだ。すぐうしろにいると思ってた」サンタが言った。かなり焦っているから、嘘じゃない。

「誓うわ」ホリーも嘘をついていない。

「ジョージに訊いてみる？」スノーボールが言った。

「ジョージを心配させたくないけど、ちょっと隣に行って、タイガーが戻ってないか見てきてくれる？」ぼくは頼んだ。「でも見つからなくてもタイガーの話はしないでね」

スノーボールが出ていった。

「ふたりはぼくとここにいるんだ。もうだれも見失いたくない」ぼくたちはその場で腰をおろし、スノーボールがタイガーを連れて戻るのを待った。

そうはならなかった。タイガーは隣にいなかった。ここにもいない。ぼくはまたしても軽いパニックを起こしはじめた。行方不明になったらどうしよう。しょっちゅう仔猫たちを探している気がするが、とりあえずたいていい三匹が一緒にいるのはわかっていた。ひとりでいるのはほんとに心配だ。

「ここに来てないのはたしかだから、外を探そう」ぼくは言った。「蝶を追いかけるのに夢中になって茂みから出られなくなった可能性もあるから、まず庭を探して、そのあともう一度通りを確認する。たまり場に行ったのかもしれない。もう、なんでこんなにわからずやなんだ?」

それにはだれも答えられず、みんなで外に出た。ぼくはうしろめたさを感じたりなにかを隠したりしている気配がないかとずっとサンタとホリーを見ていたが、どちらかというと焦っているようだった。それで余計に心配がつのった。

裏庭は空っぽで、あらゆる茂みを調べたあと物置にも行ってみたけど、鍵が閉まっていた。裏庭にはいないのだ。そこでみんなでひと塊になってエドガー・ロードを進みながら、ぼくはタイガーの姿が目に入らないか周囲に視線を走らせた。どこにもいない。パニックが新たなレベルへ達しそうになったとき、サーモンが現れ、なぜかタイガーも一緒だった。

「おまえんちの子だろ」サーモンが不機嫌に言った。タイガーはおどおどしている。

「どういうつもり?」ぼくはタイガーを叱りつけた。「そこらじゅう探したんだよ」

「おれも同じことを訊きたいね。朝の散歩をしてるうちに、ポリーの家をのぞいてみようと思い立ったんだ。おれの家族は隣人監視活動の集会のあともあの家になんの手も打たれていないのを不満に思ってるんでね」サーモンがぎろりとにらんできた。

「でもマットもポリーも集会には出てないよ」ぼくはへたな言い訳をした。

「そうかもしれないが、話の内容はクレアとジョナサンが伝えることになっていた。それにハロルドの葬式でおれの家族がポリーとマットをつかまえたのに、いまはそんな話をする気分になれないと言われたらしい。まったく話にならなかった。あの家をあのままにしておいたら、なにが起きるかわかったもんじゃない。おれとしては、黙って見てるわけにはいかない」

「ハロルドのお葬式だったんだよ」ぼくはちょっと腹が立った。マットとポリーが気の毒だ。ハロルドにさよならを言うだけでなく、仲のいい友だちと過ごそうとしていたのに、ヴィクとヘザーのグッドウィン夫妻につかまってまたつべこべ文句を言われそうになるなんて。ついてないとは、まさにこのことだ。

「ああ、わかってる。とても残念だった。それにハロルドを亡くしたおまえも気の毒だと思ってる、本当だ、アルフィー。だがおれの家族はやきもきしてるから、ひとりであの家の様子を見に行こうと思った。だから今回はおまえたちをわずらわせずに、言ってみればおれだけでことを運ぼうとしたんだ。それであの家へ向かってたら、このチビが現れて、一緒についてきたんだ。静かにしないとちゃんと調べられないだろって言ったのに、どえらい大騒ぎをするもんだから、家のなかにだれかいたとしても声を聞きつけてどうせ隠れちまっただろうな。というわけで、こいつを連れてきた」

「タイガー、だめじゃないか」ぼくはできるだけ怒った声を出した。でもひげがぴくぴくしてしまった。すごいぞ、タイガー、よくやった。

「ごめんなさい」タイガーの目がきらりと光っている。

「サーモン、心配しなくてもだいじょうぶだよ、ぼくたちで見張ってるから。だってきみの言うとおりなにがあるかわからないし、サボりがちな人間はあてにはできない。ただ、幸い妙な動きはないよ」

「ほんとに？」不審そうに目を細めている。

「本当よ」スノーボールが横から口をはさんだ。「わたしたちが毎日欠かさず確認してるわ」

「うん。もしなにかあったら、すぐ知らせに行くよ」嘘だけど。

「そうなの？」サンタが言ったので、ぼくはつついて黙らせた。サーモンは少しのあいだぼくの話をじっくり考えていた。

「まあ、深刻に考えてるとわかってよかったよ。ありがとうな、アルフィー、助かるよ。だがなにかあったら、すぐ教えてくれよ？」

「約束するよ、サーモン。おかしなことが起きたら、すぐ報告する」

ぼくたちはその場に立ったまま、サーモンを見送った。そして姿が見えなくなったとたん、話を聞くためにそばの茂みに入った。

「ごめんなさい」タイガーがまた謝った。

「いいんだ。学んだことが身についたみたいだね」

「どういう意味？」ホリーが訊いた。「タイガーに怒ってたんじゃないの？」

「そうだよ。タイガーを〝停学〟にするって言ってなかった？」とサンタ。

「テイガクってなに？」タイガーが尋ねた。

「それはあとで説明してあげる。わからない？　もしサーモンが家のなかに入って、だれかを、猫だろうと人間だろうと、猫を連れた人間だろうと、とにかくあそこにいるのを見つけたら？　きっとすぐさまグッドウィン夫妻に教えて、グッドウィン夫妻はクレアか、最悪の場合は警察に電話してたよ」

「まさにそう思ったんだよ、サーモンを見かけたとき。ちょうちょを追いかけてたら、すごくきれいで、キンポウゲみたいな色のちょうちょだったんだけど、サーモンが来て、これからポリーの家に行くって言ったんだ。どうやってやめさせればいいかわからなかったから、一緒に行って大騒ぎして、なかにだれかいてもぼくたちが来たのがわかるようにしたんだ」

「冴《さ》えてたね、タイガー。ぼくも同じことをしたと思うよ」タイガーは得意満面で肉球を舐めている。「教えたことがしっかり身についたんだね」

「でも危機一髪だったわ、アルフィー」スノーボールが言った。「また行こうとするかもしれない。わたしたちでちゃんと見張ってるって言っても、納得したようには見えなかったもの。それにサーモンはなんでも自分で調べるのが好きよ」

「うん、たしかに。あそこに行って、今度こそなにが起きてるのか突きとめよう」

「どうやって？」とサンタ。

「張りこむんだ」

「どういう意味？」ホリーが目を丸くしている。ぼくは仔猫たちを座らせて説明した。張りこみは、これまでぼくが何度もある程度の成功を収めてきた作戦だが、口で言うほど簡単じゃない。埃だらけの物置に閉じこめられたときはどうしようと思ったし、クリスマスツリーにつぶされそうになったこともあるけれど、それはいまどうでもいい。とにかくどのぐらい時間がかかるかわからないからしっかり食べておく必要がある。それになにが起きるかもわからないから、仔猫たちを連れていきたくない。

これが最初の障害だ。仔猫たちはあの家でなにが起きているか突きとめたがっているから、一緒に来たがるだろう。そうさせない方法はひとつしかない。内緒でやることだ。嘘はつきたくないけど、事実を省略せざるをえないときもある。だから張りこみはいずれやると話し、嘘がばれないように祈った。

Chapter 17

普段ネリーとエルビスとロッキーがうちに来ることはないので、庭にいるのを見て驚いた。茂みで身を寄せ合って、どうやらぼくを待っているらしい。

「やあ」ぼくは仔猫を引き連れたまま挨拶した。自然観察の散歩から戻ったところだった。実際はただの散歩で、見かけた花や茂みや虫をすべて指摘させた。連れていく気のない張りこみから仔猫たちの気をそらして質問攻めにさせないのが目的だが、いい天気を楽しむためでもあった。

「ああ、アルフィー。たまり場で待ってたんだが、来なかったからおれたちのほうから来たほうがいいと思ったんだ」

「なにがあったの？」

「実はね」ネリーが口を開いた。「わたしたち、この通りのほかの猫も含めて、犯罪の被害者になってるのよ」

「え？」どういうこと？

「嘘じゃないわ。サーモンがあれこれ訊きまわってるから、最初にあなたのところに来ようと思ったの。前に、クリスマス会を邪魔してる犯人を突きとめたときのこと、覚えてる？」

忘れるはずがない。犯人はバーバラだった。エドガー・ロードに越してきたばかりで、悲しみのあまりまともに考えられなくなって、控えめに言ってもちょっとおかしくなっていた。猫がそばにいるのをいやがり、危うく痛い目に遭わされそうになったけれど、最後には心から反省していた。それからは体調を崩す前のハロルドと仲良くなって家を訪ねていたし、ハロルドによるとてもいい人らしい。ただ、心を入れ替えたあとも、ぼくたちは距離を置いている。なにしろぼくはバーバラにクリスマスツリーでつぶされそうになったのだ。

ぼくは「うん」とだけ答えた。

「またああいう嫌がらせが始まったんだ。この通りでキャットフードがなくなってる。この家からでかい黒猫が逃げてくのを仔猫たちが見たって言ってたよな。どうやらここだけじゃないらしい」ロッキーがつづけた。「その黒猫はみんなを恐怖に陥れてる」

「詳しく教えてくれる？」

みんなで茂みに集まり、まわりくどい説明ではあったがなにが起きているか話してもらった。黒猫は違う家に違う日に入りこんで食べ物を取っていた。幸いサーモンとグッドウィン夫妻はまだ遭遇していない。遭遇していればとっくにぼくたちの耳に入っているはずだ。でもエドガー・ロードには食べ物がなくなったと話す猫が複数いた。しかもいろんな家の近くのさまざまな場所で姿を見られていた。謎が深まった。

「きっとすごくおなかを空《す》かせてるんだよ」ぼくは冷静に応えた。「宿無しなら、たぶん食べ物を盗むしかないんだ」同情してみせた。

「ポリーの家に住んでると思う？」ネリーが訊いた。

「たぶん。たまにあそこで雨風をしのいでるだけかもしれないがね。ただ、猫が家のなかに入って食べ物を盗むなんて変だな。そもそも危険が伴う」ロッキーが答えた。

「でも、まだ一度もつかまってないんだろ？」とエルビス。「そうとううまくやってるに違いない」

「こうなったら、早くつかまえよう。そして助けが必要なら、助けてあげよう」ぼくは言った。

「おれはかまわないけど、こないだ取られたのは大好きなウェットフードだったんだ。わざと残しておいたのに、たまり場から戻ったら、食器が舐めたみたいにきれいになっていた。猫のにおいがしたが、とうぜん人間の家族にはわからないから、まさかほかの猫が食べたとは思わない。おかげでおれはおかわりをもらえずに、腹ぺこのまま午後の昼寝をするしかなかった」

「大変だったね、ロッキー。でも、しょっちゅう腹ぺこで寝なきゃいけなかったら？」

みんなでぞっとした。みんな食べるのは好きだ。ぼくは食べられずに過ごすしかない猫のことを考えた。この世には残酷なところがあるから、もしその黒猫を見つけて力になれたとしても、心配するおなかを空かせた猫が一匹減るだけかもしれない。それと、なんとなくその猫と一緒に人間もいる気がした。もしそうなら、ぜったいにどちらも助けないと。これを解決しながら仔猫の学校もやるとなると、いつもの役目を減らすしかないけれど、いまはかつてないほど忙しい。

「サーモンが気づくまで、どれぐらいあるかな」タイガーが呆然《ぼうぜん》としている。

「あまり時間の余裕はないと思う。このあいだだって危ないところだったし」ぼくは答えた。

「アルフィー、早く手を打たないと」ネリーが言った。「わたしたちの分がなくなったらどうするの？　食べ物を分けてあげるのは大賛成だけど、これは泥棒よ！」

「わかってる、心配しないで。ぼくに考えがある」

「だと思ったわ」

なにしろ、ぼくにはいつだって考えがあるのだ。ただ、例によって期待するほど簡単には浮かんでこなかった。

Chapter 18

「つまりポリーの家に張りこむってこと？」ジョージが言った。「どういうこと？　なんでぼくはなにも教えてもらってないの？」ちょっとむっとしている。

のけ者にされて不満そうにしているのを見て、最近は仔猫の学校にかまけてあまりジョージと過ごしていなかったと気づいた。仔猫たちや人間や仲間のことで手一杯だったし、仔猫たちの面倒を見ることでハロルドを悼む時間をあげようとしたせいで、知らず知らずのうちにジョージをないがしろにしてしまったかもしれない。

「ハロルドのことですごく心を痛めてるのはわかってたから、大騒ぎしないようにしてたんだよ」あまり説明になっていない。

「ふうん。でも仔猫たちはぼくより状況に詳しいみたいだけど」すねている。ジョージは延々すねていられるから、ここでなにかするしかない。

「ねえ、ぼくは仔猫たちがジョージの邪魔をしないようにしてたんだよ。わかってるだろ。

たしかにポリーの家の謎はちゃんと話すべきだったけど、ハロルドが亡くなって、あの家のことは後まわしになってたんだ。でもサーモンが嗅ぎまわりはじめたから、今度こそなにが起きてるか突きとめないと」

「ポリーは急いで決断する気になれずにいるんだよ」

「たしかになにもしてないけど、どうしてなのかな。理由がよくわからない」ぼくは正直に打ち明けた。

「クレアとフランチェスカとシルビーが話してた。ポリーは本心ではあの家を手放したくないんだ。家族みんなで幸せいっぱいに暮らした場所だから。引っ越し先では打ちひしがれてる。ここでの暮らしが懐かしくて。かわいそうだよね。きっとだから家をあのままにしてるんだ」

「かわいそうに。ぼくもみんなに会いたいよ。できれば戻ってきてほしい」

「ぼくもそう思う。ピクルスにも戻ってほしいぐらいだよ」

ふたりで笑ってしまったが、ぼくは胸がちくりとした。ほんとにピクルスに会いたい。

「とにかく、ジョージも手伝ってくれないかな。張りこみをしたいんだ。スノーボールがつき合うと言ってくれたけど、仔猫たちを遠ざけておきたい。一緒に行く気満々だけど、危ない目に遭うかもしれないから家を出ないようにしたいんだ」

「簡単だよ。張りこみは翌日の夜にやるって言えばいい。そうすれば丸くなって寝ちゃうだろうし、ハナにも事情を話しておくよ。だからぼくが一緒に行くから、スノーボールには仔猫たちが来ないように見張っててもらおう。ぼくとパパで謎を解くんだ。むかしみたいに」たとえわずかでもジョージの明るい声を聞くのは、ハロルドが亡くなってから初めてだ。

絶好の機会になる気がしてきた。一緒に張りこみすれば、そのあいだにまた絆を深められる。最近はあまりふたりきりで過ごしていなかった。

「最高だ！」ぼくはジョージと前足を合わせた。またジョージとなにかできるのが嬉しかった。一緒に過ごせなくて寂しかったことに改めて気づかされた。

「それに、ぼくがいないとパパだけで謎が解けないのはみんな知ってるからね」ジョージが最後に放ったせりふにぼくはたじろいだが、聞き流しておいた。今回は。

そのあと一緒に作戦を練った。スノーボールとハナに作戦の説明ができるように、張りこみは明日の夜やることにした。

仔猫たちにはまだ計画中で、決行が決まったら話すと言えばいい。あの子たちにわかるはずがないし、わかったときは張りこみは終わっている。腹を立てるだろうけど、最後には機嫌を直して一件落着になるだろう。少なくとも仔猫たちが危険な目に遭うことはないし、作戦を台無しにされることもない。

もちろん、なにもなければ別の作戦を立てるしかないが、その心配はいまはやめておこう。

長い一日だったが、ようやくそのときがきた。ジョージは仔猫たちを寝かしつけてからぼくを迎えに来た。さんざん質問攻めに遭ったようだけど、ジョージはぼくと少し一緒にいたいだけだと答えた。でもそういうときはたいてい仔猫のだれかを連れていくから三匹とも納得しないところで、ハナが助け舟を出し、今夜はジョージがぼくをひとり占めにする番だと言ってくれた。それで仔猫たちも文句を言わなくなったらしい。少なくともそれほどは。

正直に言うと、ぼくはすごくわくわくしていた。ジョージとまた心躍る冒険をするのだ。それに危ない目に遭うとも思えない。そうならないように祈ってる。ジョージもぼくもおとなだし、ジョージは足が速いから、力を合わせればなんとかなる。なによりポリーの家の謎と、みんなのごはんを食べている猫のことが気になって、危険を心配する余裕がないというのが本心だった。仔猫たちがいないからなおさらだ。

出発する用意が整ったときは、全身をアドレナリンが駆け巡っていた。平穏な暮らしもたしかに大事だけど、作戦を実行するときはほんとにわくわくする。解くべき謎があることに勝るものはない。考えてみれば、これまで食べたイワシよりたくさんの謎を解いてきた。

「よし、行こう」ぼくはジョージとスノーボールと猫ドアを抜けて外に出た。

「だいじょうぶかしら?」スノーボールが訊いた。

「うん、ぼくはわくわくしてる。こんな作戦は久しぶりだからね」ジョージが答えた。ぼくは胸が痛んだ。仔猫が生まれてからあまり一緒にいなかった。しかたないことだけど、これからはもっとジョージとの時間をつくろう。

「そうだね。でもそれはしばらくたいした問題が起きなかったってことだよ。自分で言いながら、そんなことない気はするけど」

「うん。ポリーたちは引っ越しちゃったし、ハロルドは具合が悪くなって亡くなってしまったし、万事順調とは言えなかった」沈痛な顔をしている。「で、なにがいると思ってるの?」ジョージがしっぽをひと振りし、みんなで歩きだした。

「力になってあげられるただの野良猫ならいいと思ってる。ただ、人間もからんでる気がするんだ」ぼくは答えた。

「怖い相手じゃないといいけど」スノーボールが言った。「あなたたちに危ない目に遭ってほしくないわ」

「でも、人間がいるとしても、猫と一緒にいるんだからそんなに悪い人じゃないよ」ぼくは空威張りをしてみせた。言うほど自信があるわけじゃないが、ジョージとスノーボールを心配させたくない。ぼくも心配したくない。

ぼくの望みは、謎を解いてポリー一家の家を問題のない状態にすることだ。猫が宿無しなら面倒を見てあげればいいし、人間がホームレスでも同じことだ。どう考えても単純な話。まずいことが起きるはずがない。

「じゃあ、スノーボールはここで見張って、うまくいくように祈ってて」ぼくは裏口の外でスノーボールに顔をこすりつけ、ジョージも同じようにした。それからぼくとジョージは軽くうなずき合い、できるだけ音をたてないように猫ドアからなかに入った。真っ暗なキッチンに立ち、あたりを見渡した。

「ニャー！」ぼくは悲鳴をあげ、あとずさった勢いでジョージにぶつかってしまった。危険がないなんて、とんでもない。

「ミャッ」驚いて飛びあがったジョージがぼくの上に着地する格好になった。

どちらも恐怖に目を見開いていた。こんなものは見たことがない。大きな黒い怪物がこっちに近づいてくる。ジョージもぼくも思わず裏口のほうへあとずさったが、怪物はどんどん近づいてきた。

「ニャー」怪物が叫び、ジョージとぼくも叫び返した。

Chapter 19

ジョージとぼくは裏口の前で縮こまっていた。逃げるために猫ドアの位置を探った。ジョージはぴったりぼくにくっついてる。勇気を出して怪物を見てみた。仔猫たちが言ったように大きくて、うちの猫ドアを抜けられたのが信じられなかった。トビーが好きな神話に出てくる生き物だったらどうしよう。猫に変身できる生き物で、ほんとは——。

大きな影がのしかかってきて、ぼくはジョージをかばいながらできるだけあとずさった。黒い怪物はものすごく大きくて、目の前の壁を覆うほどだ。三メートルはありそうに見える。

次の瞬間、大きな黒い塊がいっそう近づいたように見え、なにかがさっと動いた。また変身したの？

ぼくは目をつぶり、ふたたび目をあけたときは自分が見ているものが信じられずに何度もまばたきした。目の前に立っているのは怪物ではなく、猫だった。ふわふわの黒い猫。

ふつうの大きさで、ぼくよりちょっと大きい程度。あたりに目をやると、床に大きな毛布が落ちていた。さっきの怪物は毛布をかぶった猫だったの？

「なんだったの？」ぼくは言った。

「毛布だよ」ジョージの機嫌が悪い。「それと壁に映った影」ジョージとぼくは目の前の猫がつくる影に目を向けた。なるほど、あのせいですごく大きく見えたのだ。ぼくたちは決まりの悪さを感じながら黒猫を見つめた。毛布をかぶった猫の影を怖がっていたなんて。

「だれだ？」黒猫がぼくの思いをさえぎった。いい質問だ。

「そっちこそだれなのさ」ジョージが言い返した。念のために言っておくと、まだぼくのうしろに隠れている。

　黒猫が毛布をすべて振り落とした。いくら暗いとはいえ、怪物と勘違いしたのがいまだに信じられなかったが、勘違いはよくある。それでも心臓のどきどきはなかなか収まらなかった。口から心臓が飛びだしそうだ。ジョージもまだ震えが止まらずにいる。

「おれはジャスパー。猫だ」

「猫なのは見ればわかるよ。でも毛布をかぶってたから怪物に見えた」

「外で声が、あんたたちの声がしたから毛布の下に隠れたんだが、からまって出られなくなったせいでのしかかるように見えたんだな。実際は影に怯えてるだけだったがね」笑っているが、緊張もしている。

「まあね、大きな影だったからね」ジョージが胸を反らして見栄を張っている。

「それじゃ、きみが怪物じゃないってわかったところで、どうしてここにいるのか教えてくれる?」

「なんで教えなきゃいけないんだ?」

「ここはぼくたちの家だからだよ」

「へえ、でもここには住んでないじゃないか。ここは空き家だ」

「ぼくはアルフィー。通い猫をしてる。住んでるのは向かいの家だけど、ここにもしょっちゅう来てる。ここはポリーたちの家で、子どもふたりとピクルスって名前のパグもいて、ピクルスはかわいいけどすごくおバカな犬で――」

「パパ、全部話す必要はないんじゃない?」ジョージが言った。「ちなみに、ぼくはジョージ」

「うん、そうだね」侮辱された気分だ。「要するに、ポリー一家は引っ越したけど、この家をどうするかまだ決めてないからって、きみがここに住んでいいことにはならない。ただ、住むところがなくて困ってるなら、ぼくが力になるよ」

「悪気はないんだ。ここで雨風をしのいでるだけだ。話せば長いが、どこから話せばいいか……」ジャスパーが腰をおろし、悲しそうな顔をした。

「ねえ、ぼくも宿無しの経験があるんだ。どういうものかわかってる」

「そうなのか？」

「うん、ぼくの場合はね――」

「パパ、いまその話はいいよ」ジョージが言った。猫ドアが動く音が聞こえ、スノーボールが現れた。

「さっきの騒ぎはなんだったの？」

「ずいぶん遅かったね」ここにいたのが怪物だったら、いまごろぼくもジョージも食べられていただろう。

「ああ、月を見るのに気を取られてたのよ。どっちにしろ来たでしょ。あら、こんばんは、どなた？」

「ジャスパーだ、よろしく。すごくきれいだな」

「ちょっと」ぼくのガールフレンドといちゃつかないでほしい。ジャスパーがここにいる理由もまだわからないのに。「どうしてここに来ることになったのか、これから教えてもらうところだったんだ」

「しばらくいられる場所が欲しかったんだ」ジャスパーが話しだしたが、目が泳いでいる。

隠していることがたくさんありそうだ。それに人間のにおいがするから間違いない。ここにいるのはジャスパーだけじゃない。自分の毛を賭けてもいい。

「じゃあ、なんで食べ物を盗んだの？」ぼくのうしろから出てきていたジョージが尋ねた。

「腹が減ってた。おれたちは食べ物をあまり手に入れられなくて、ほかにどうすればいいか――」

「おれたち？」スノーボールが尋ねた。

「いや、おれって言おうとしたんだ。ここにはおれしかいない」しどろもどろになっている。

「わかった。じゃあ、ちょっと家のなかを調べさせてもらうよ。ぼくはこの家の監視を受け持ってるんだ。だれもいないのを確認したがってる人間がいるんだけど、これまでぼくがなんとか邪魔してきた。その人たちがここに来たら、間違いなく面倒なことになるからね」

「わかった。でも調べるのはやめてくれ。あんなに騒いだのにあの子がまだ目を覚まさないのが不思議なくらいなんだ。きっと疲れてるのと悲しいのとで、ぐっすり眠ってるんだろう」

「どこで寝てるの？」

「リビングの隅だ。そこを簡単な寝床にしてる。昼間は荷物をすべて戸棚に隠して外に出てる。おれたちがここで寝てるのをだれにも気づかれたくなかったが、あんたたちにばれたってことは人間にばれるのも時間の問題だろう。でも、おれはあの子の面倒を見てやりたい。ほかにだれもいないから」

「わかったよ、ジャスパー。心配しないで。ぼくたちはいい猫で、力になるためにここにいるんだからね」

「ほんとに静かにしてくれるか？」

ぼくたちはそろってうなずいた。

「よし、こっちだ」

ぼくたちはネズミみたいに、というより賢い猫らしく静かに進み、ジャスパーにつづいてリビングに入った。そして部屋の隅で丸くなっているものを見たとたん、胸が張り裂けそうになった。

ぼくたちはすぐにキッチンに戻った。

「あの子、いくつなの？」ぼくは尋ねた。「まだ子どもだよ」すごく心配だ。だれかがジャスパーといるとしても、てっきりおとなだと思っていた。泣きたくなる。

「十五歳だ」ジャスパーが答えた。みんなでキッチンに腰をおろし、できるだけ音をたてないようにした。「おれが面倒を見てる」

「なんでここにいるの？　親はどこにいるの？」ジョージが問い詰めた。

「時間はあるか？」ジャスパーが訊いた。

「もちろん。その話を聞くためなら、いくらでもあるよ」ぼくは答えた。

「あの子はエミリーだ。さっき言ったように歳は十五。おれは仔猫のときから一緒にいる。ちなみにおれは十歳だ。ずっとあの子の面倒を見ようとしてきた。いろいろ心配だったんでね」

「でも、なぜここにいるの？」スノーボールがせかした。

「おれたちはエミリーの母親と暮らしてた。父親のことは知らない、一度も会ったことがない。最近母親が病気になったんだ。猫のおれにはよくわからないが、心の病気らしくて、すっかり沈みこんでいた。エミリーとあの子の寝室にいるとき、よくいろいろ話してくれたよ。エミリーはすごく心配していて、おれも同じだった。あの子はなんでも自分でやるしかなかった。洗濯も料理も掃除も買い物も……」

「子どもには荷が重いね」考えただけで身震いが走る。家族の子どもがそんな立場になったら、どこから手をつけていいかわからないだろう。特にトミーは。

「ああ。母親は薬を飲んでよくなることもあったが、ベッドから出られないこともあった。おれとエミリーだけの時間が増えて、いつのまにか母親とお互いの面倒をおれたちだけで見るしかなくなった。おれは精一杯やったが、猫にできることには限界がある」

訊きたいことは山ほどあったけど、敢えて口には出さなかった。それよりもっとジャスパーの話を聞きたかった。こんなのぜったいよくないし、すごく気の毒だ。エミリーの面倒を見てきた黒猫の気持ちが痛いほどよくわかる気がした。

「で、少し前に、母親は入院せざるをえなくなった。自分を苦しめようとしたんだ。おれが家にいるとき、人間のおとなが飲むやつを薬と一緒に飲んで、倒れて頭を打った。おれがなんとか隣の家へ行って、大声で鳴いて知らせたら、警察と救急車を呼んでくれた。恐ろしかったよ」

ジャスパーが寝そべり、黙りこんだ。ぼくたちも口を開かず、ただじっと耳を傾けていた。

「そのあとは、隣に住むマリーがうちに泊まってくれてたが、エミリーが連れていかれそうになった」

「だれに？」

「ソーシャルサービスだと言ってた。ひとまずエミリーは施設に入って、母親が入院してるあいだ施設にいるおとなに面倒を見てもらうことになったんだ。エミリーはおれを置いてはいけないと言った。施設に猫は連れていけないと断られたが、マリーがおれを預かると言ってくれた。マリーはおれとエミリーによく食べ物をくれてたんだ。病気の母親にあまり面倒を見てもらえずにいるのを知ってたから。でもマリーは仕事が忙しくて、エミリーまで預かるのは無理だった。荷物をまとめるように言われたエミリーは、ソーシャルサービスが出ていった隙におれと身のまわりのものをつかんで逃げだした」

「どうやって逃げたの？」

「連中がアパートのマリーの部屋にいるあいだに逃げたんだ。おれたちを探したんだろうが、こっちにはもってこいの隠れ場所があった。アパートの裏にある空きガレージで、そこにはだれも来ない。母親のことでどうしようもなく悲しくなったとき、エミリーはおれとそこに行ってた。母親が別の部屋にいても、同じアパートで泣きたくなかったんだ」

「ジャスパー、とても辛い話だね。でもその人たちはエミリーを探してるんじゃない？」

「たぶん。でももうアパートからかなり離れてる。エミリーの話だと、おれたちはロンドンの反対側に住んでたらしい。ただ、あまり金がないからたいていは歩いてきて、途中でだれもいないところを見つけては雨風をしのいでた。そのうちこの通りにたどり着いたんだ。エミリーはすぐここが空き家だと気づいて、家具もなかったからここなら安全だと思った。数日いるだけだとエミリーは言ってたが、切羽詰まってたから、長居するようにおれが仕向けた。もうほとんど金が残ってないのに、エミリーはどうやって食べ物を手に入れればいい？　子どもだから仕事はできない。離れ離れになるのだけはいやだが、腹が減ったままでいさせるのも辛い」かなり思いつめているようで、しかもすごく涙を誘う話だったから、ジャスパーがどれほど辛い思いをしているか痛いほどよくわかった。

「じゃあ、食べ物を盗んだのは、おなかが空いてたからなんだね？」ジョージがやさしく尋ねた。

「おれのために買うものを後まわしにできれば、エミリーのために使える金が増えると思ったんだ。だからあちこちで家を見張ってて、そこに住んでる猫が出かけると、家に入って食器に残ってる食べ物を片っ端から平らげた。人間の食べ物も盗もうとしたが、うまくいかなかった」

「ホームレスでいるのは大変なんだ。猫でも大変なんだから、人間の子どもはもっと……。で、ぼくたちはどうすればいい？」

「ぼくたち？」

「うん。力になるよ。昼間エミリーはどこに行ってるの？」

「図書館に行くこともあるし、カフェに寄ることもある。ただ、安いものしか頼まないがね。公園でぼーっとしてるだけのこともある」

「よし、急いで作戦を立てよう」

「ありがとう、助かるよ。どんどん心配になってたんだ。たしかに作戦が必要だ」

「それならここはうってつけの場所よ」スノーボールが言った。

「うん、問題を解決できるのは、パパしかいないからね」ジョージが締めくくった。「パパは作戦を立てるのがすごくうまいんだ」

Chapter 20

ポリーの家を出たあとは、あまり眠れなかった。ジャスパーには朝になったら合図するから、うちに食事をしに来るように言ってある。ジョナサンが会社に行って、クレアが子どもたちを学校に送っていったら合図するつもりだ。そのときまたエミリーの話をすることになっている。とにかく急いで手を打たないと。しばらくだれにも頼らずにやってきたとはいえ、まだ子どものエミリーをひとりにしておけないし、もうほとんどお金が残っていないようなのだ。エミリーが家を出たのは理解できるけど、家出なんてしないでほしかったとも思う。こんな無鉄砲なことをしなければ、とりあえず安全だった。

ジャスパーも同じ気持ちでいるが、エミリーが言われるままに施設に入ったとしても、自分はアパートに残るからすぐまた会えると伝えることができなかったのだ。少なくともそれを願っていると。でも仮に母親の体調がよくなっていても、家出したエミリーには知りようがない。

逃げたりせずに助けてもらっていたら丸く収まっていたかもしれないけれど、パニックになった理由がぼくにはよくわかった。

ぼくにも経験があるからだ。最初の飼い主のマーガレットが亡くなったとき、マーガレットの家族はぼくをシェルターに入れようとした。近所の猫たちからシェルターに入れられたら命がないと聞いていたぼくは、震えあがった。いまは間違いだとわかる。シェルターは愛にあふれた場所で、動物を一生懸命世話するやさしい人しかいない。でも子どもだったぼくはパニックになった。

たしかにぼくの場合、最終的には丸く収まった。でもそれは危険な旅を耐え抜いてエドガー・ロードにたどり着き、受け入れてくれる人間を複数見つけたあとの話だ。十五歳の女の子が簡単にできることじゃないし、家出した子ならなおさらだ。人間より猫のほうが、はるかにあれこれ面倒なことなく受け入れてもらえるようだ。ぼくとエミリーには共通点がたくさんある気がした。

急いで手を打つ必要がある。以前ホームレスの人たちに会って、ホームレスでいると危ない目に遭いかねないとわかったし、エミリーはまだ子どもだ。ジャスパーがいてくれてよかった。なんで猫が必要なんだと思ってる人に言ってやりたい。これが証拠だ。人間はひとり残らず、猫と一緒に暮らすべきなのだ。それだけは言える。法律かなにかにするべきだ。

でも、とにかくまずはだれかにエミリーを見つけてもらわないと。エミリーが怖がって逃げてしまうような人ではなく、助けてくれる人がいい。急がないと、ポリーが家を売る決心をするか、サーモンとグッドウィン夫妻が様子を見に来てしまう。時間の余裕がないなか、うまい作戦を立てる必要がある。ただその前に、ぼくたちだけでやったことを仔猫たちに話すといううしろめたい仕事がある。

ゆうべ仲間外れにされたと知ったら怒るに決まってるので、ぼくは気を引き締めた。仔猫たちが学校にやってきた。ジョージはどこかへ行ってしまった。ジャスパーの様子を見に行くと言っていたが、仔猫たちがどんな経験をしそこなったか知ったとき、その場にいたくないに違いない。どうやらまたしても最悪の役目はぼくがやるらしい。スノーボールが応援を申し出てくれたのがありがたかった。

「ぼくたちに内緒で行ったって、どういうこと?」タイガーが不満そうにしている。

「立派な猫になる訓練をしてるのに、連れていってくれなかったの?」サンタがつづけた。

「どうやって張りこみの練習をすればいいの?」

「ずるいわ」ホリーが前足で地面を叩いた。

「そうだね、怒るのもとうぜんだと思うよ。でも危ない目に遭うかもしれないのに、連れていくわけにはいかなかったんだ。みんなをすごく大事に思ってるから。スノーボールとジョージも同じ気持ちだ。まだ子どものきみたちに、猫がするなかでいちばん危ないことはさせられないけど、もう少し大きくなればできるよ」

「でも危ない目には遭わなかったんでしょ」タイガーが言った。

「始める前はわからなかった」ぼくは言い返した。「実際、ジョージと家に入ったときは、大きな怪物が現れたと思って、ものすごく怖かった」

「でも怪物じゃなかった」サンタがふくれている。

「うん、ジャスパーだった。毛布をかぶってたせいで、暗いなかで大きな影をつくってたんだ」事実だからしかたない。「でも肝心なのはそこじゃない。まずいことが起きる可能性があったから、大事なみんなを危ない目に遭わせたくなかった」

「そういうことをさせてもらえないのに、どうやっておじいちゃんみたいになればいいの?」ホリーも不機嫌だ。いつも朗らかなホリーがいちばん怒っているのが意外だった。

「いま全部話してあげたでしょう?」スノーボールが助け舟を出してくれた。「どうやったかはわかったはずよ、頭では。だから張りこみをしなければいけなくなっても、やり方はわかったはず。やりたければ、張りこみの真似をする機会をつくってあげるわ」

「同じじゃないよ」タイガーがぼやいた。

「とにかく、大事なのは次のステップだ。エミリーを助けなきゃいけない。無事に、ジャスパーと離れ離れにならない方法でね。これからはみんなにもしっかり参加してもらうよ」

「約束する？」仔猫たちが声をそろえた。

「約束する。これからとびきりの作戦を立てるから、みんなも手伝ってよ」

作戦を立てるのは簡単ではなく、それを考えるのと睡眠不足でぼくは頭痛がしはじめていた。タイガーのアイデアはどれも大きな音がする危ないものばかりで、しかもなぜか木登りの要素が入っていた。わけがわからなかったが、調子を合わせておいた。仔猫たちには、ぼくたちにもエミリーにも危害が及ばないようにしないといけない理由を説明した。エミリーはまだ子どもなのだ。

サンタはみんなで会いに行けばエミリーが喜んで、うちに電話して母親の様子を訊くはずだと言ったが、ぼくたちがいきなり現れたらエミリーは怯えて逃げてしまい、二度と会えなくなりそうで心配だった。

ホリーは自分が抱っこされてかわいがってもらえば、すべて解決すると思っているようだった。たしかにホリーはすごくかわいいから、それは違うとぼくからは言いたくなかった。

「悔しいけど、人間が必要だね」ぼくは言った。事実だ。人間は猫ほど賢くないけど、猫にできないことができる。そして今回はやっぱりそれをやってもらう必要がある。

「トミーよ」しばらく堂々巡りの議論をつづけたあと、ホリーが言った。

「トミーがどうしたの？」スノーボールが訊いた。ぼくははっとして背筋を伸ばした。悪くないアイデアかもしれない。

「だって、あそこにいるのはトミーだと思ってたんでしょう？　それにトミーはエミリーと同い年だから……」ホリーの話を聞くうちに、ぼくの疲れた頭がフル回転しはじめた。

「そうだよ、トミーにエミリーを見つけさせればいい。おとなを連れていくより怖がらないかもしれない」とらえどころのないアイデアがまとまっていく。

「そうね、トミーをエミリーに会わせましょう。エミリーは図書館に行くことがあるってジャスパーが言ってたわ。そこで会うようにすれば、エミリーもトミーと話すんじゃない？」スノーボールが提案した。

「どうやってトミーを図書館に連れていくの？」トミーがいちばん行きそうにない場所だから、さすがのぼくたちでも連れていくのは無理だ。「それよりあの家で会わせたほうがいいと思う。そっちも簡単じゃないけどね。エミリーは自分の本当の境遇を話さないかもしれないけど、試すしかない。あの家にいるエミリーをトミーに見つけてもらって、力になってもらうんだ。だとすると、エミリーがあそこにいるときにトミーを連れていかないと」そうだ、そうするしかない。

「どうやるの？」スノーボールが尋ねた。

みんな黙りこんでしまった。作戦を立てるのは、いつだって思ったほど簡単じゃない。でもホリーの言うとおり、トミーがいるときになかに入ってもらう。まずはトミーをあの家に連れていく必要がある。次にエミリーがいるときになかに入ってもらう。そしてエミリーを助けてくれるように仕向けるのだ。ただ、トミーがなかに入れば、それだけでうまくいきそうな気がする。トミーはやさしい子で、やんちゃなところもあるけれど、すごく思いやりがある。アレクセイを行かせたら、たぶんすぐおとなに知らせるだろうから、エミリーが逃げてしまうかもしれない。トミーならエミリーと話して友だちになり、そのあとでフランチェスカに話して一緒にエミリーに救いの手を差し伸べてくれるだろう。

どうかそうなってくれますように。

とにかく、まずはトミーをエミリーに会わせないと。

わが家の裏庭にやってきたジャスパーを取り囲んだ仔猫たちは、さんざん質問攻めにしたあとようやく静かになった。ジョージはどうやらジャスパーのボディガードになったつもりらしい。ジャスパーがきちんと食事をできるように心がけ、エミリーが図書館にいるあいだは一緒にいるようにしている。

「問題は、エミリーが怯えてることだ。今朝、この家はすごく居心地がいいが、もうじき出ていくしかないと話してた」

「そうならないうちに手を打たないと」そんなのぜったいだめだ。いろんなことで頭痛がするし疲れているけれど、やり抜くしかない。「トミーをあの家に行かせるには、どうすればいいかな」

「わたしたちはあとのつけ方しか知らないわ」ホリーが言った。

「明日は家族が集まる日だから、トミーもうちに来る」急に元気が出てきた。ちょうどいい。

「前に教わった方法でぼくたちがトミーの気を引いて、あとをついてこさせるのはどう？」サンタが提案した。

「うん、いいね。でもどうやってトミーだけポリーの家に来るようにする？」ぼくの言葉でみんな考えこんだ。

「またタイガーがいなくなればいいよ」とサンタ。

「なかなかいいアイデアだ」ジョージが言った。

「うん。きっとトミーはみんなに知らせる前にひとりで探そうとする。タイガーが自分みたいにしょっちゅう問題を起こすってわかってるからね」考えがまとまりだした。「ねえ、ジャスパー、タイガーはポリーの家に隠れていればいいよ。エミリーを驚かさないように気をつけながら。そしたらぼくたちでトミーを連れていく」

「それならうまくいくかもしれない」ジャスパーが言った。「でも、そのトミーって子は家に来たあとどうするかな」

「それはぼくたちにもどうしようもないけど、トミーはやさしい子だよ。ちょっと生意気なところはあっても、心は広い」

「エミリーがその子に事情を打ち明けるように、おれもやってみるよ」とジャスパー。ぼくは同情した。ジャスパーはもうへとへとなのだ。体だけでなく、全身からエミリーを心配する気持ちがあふれている。力になってあげないと。この作戦を成功させないと。

「とにかくやってみよう。エミリーをこのままひとりにしておけない。ジャスパーがついていても、人間のおとなもお金もなしじゃ無理なことぐらいぼくにもわかる。それにいずれポリーはあの家を売るしかなくなるし、サーモンとグッドウィン夫妻に見つかってしまうかもしれないから、いちかばちかやるしかない。ほかに選択肢はない」そしてなんとしても成功させなければ。

「ぼくたちはもうベテランだから、安心して任せてよ」タイガーが言った。

「うーん、ベテランとは言えないかな」ぼくは言った。

「でも、訓練はしっかり受けたわ」とホリー。

「うん、世界でいちばんいい先生がついてるからね」サンタの言葉で、ぼくは胸が詰まった。

Chapter 21

家族が集まる日をぼくはいつも楽しみにしている。かなり頻繁に集まっているが、最近は人数が減って悲しい。ポリー一家とハロルドがいなくなったあとも何度か集まったけれど、変な感じがした。今週はうちで集まることになって、相変わらず混雑しているものの、以前ほどじゃない。もっとも、仔猫につまずいてばかりいるジョナサンならじゅうぶん混雑してると言うだろう。

トビーとサマーはテオや仔猫たちと遊んでいる。仔猫たちがいつもほど夢中になっていないのは、これから作戦が始まるのを知っているからだ。いつもどおりにしているように言っておいたのに、それは無理そうだからあきらめよう。作戦がいつ始まるかだれにもわからない。エミリーがいま家にいないからだ。

作戦は軍隊並みに細かく立ててある。ジャスパーはエミリーを守るためにそばについているので、ネリーとエルビスとロッキーが交代であの家を見張ってエミリーたちが戻るのを待っている。居眠りしなければいいけれど。エミリーが戻ったら、ネリーたちがうちに教えに来ることになっているから、ジャスパーはエミリーがまた出かけないようにして、そのあいだにぼくたちでなんとかしてトミーをあの家に連れていく。ちょっと複雑だけど、できる気がする。

ぼくたちはこれを第一段階と呼んでいた。

エミリーの日課はすでにある程度確認してある。実際の話、かなり賢い子だ。どうしてこんなに長いあいだポリーの家にまんまと泊まっていられるのかよくわかる。裏口を出たあと隣の家の生垣まで行き、そこから公園につづく路地を歩いてエドガー・ロードには出ないようにしているのだ。だからぼくたちが一度も見かけなかったんだろう。グッドウィン夫妻にも見つからなくてよかった。

昼間はたいてい外にいるが、それはだれかが家の様子を見に来るなら昼間だろうと考えたからで、夕方になってから家に戻る。ぼくたちもジャスパーに会うまで昼間しか行っていなかった。週末は家にいる時間が長い日もある。週末は見つかる可能性が低いと思っているのと、外にいる人間が多くて落ち着かないせいだ。手持ちのお金がなくなりかけているから、助けてあげないと近いうちにジャスパーみたいに食べ物を盗むしかなくなってしまう。

　仔猫たちに教えたように、作戦を立てるのに情報収集は欠かせない。そして情報はじゅうぶん集まった気がする。エミリーは孤独で怯えているうえに、そもそも十五歳かそこらの子がひとりでやっていくなんて間違ってる。トミーならエミリーに同情し、すぐおとなを呼びに行って怯えたエミリーを逃がしてしまうようなことはしないだろう。これがぼくの考えだ。エミリーの信頼を得たあと、おとなに事情を打ち明けてもだいじょうぶだと説得し、フランチェスカのところに連れていくだろう。クレアのところならもっといい。ただ、ぼくたちにできるのはトミーを連れていくことだけだ。その先はトミーに任せるしかない。少なくともエミリーが食事をできるようにはしてくれるだろう。そうすればぼくたちの心配事もひとつは減る。

　いまわが家ではクレアとフランチェスカがおいしそうなランチを並べていた。アレクセイとコニーはリビングでタブレットを見ている。シルビーとマーカスはワイングラスを持ってキッチンのテーブルについている。トーマスとジョナサンとトミーはテレビでなにかの試合を観ている。いつもどおりの家族の集まり。でも今日は違う。

　ハナは欠席し、隣の家でひとりで過ごすほうを選んだ。うらやましくないと言ったら嘘になる。最後にひとりになれたのがいつか思いだせない。助けが必要なときは大声で呼んでと言ってはくれたものの、それまでハナはのんびりできる。いまのところ、ジョージとスノーボールとぼくは状況を監視していた。いまはあたりに目を配って待つしかない。それと、用意してもらったおいしいイワシを食べるぐらいだ。ともかく体力を温存する必要がある。同時に警戒もつづけなければならない。

せっかくの家族の集まりを楽しめないのが残念だった。今日はひたすら合図を待つ見張り番になるしかない。それにぼくより待つのが苦手な仔猫たちはしょっちゅうまだかまだかと訊いてくる。用心しないと作戦がばれてしまうと何度言っても、気持ちが高まって耳を貸そうともしない。

「もしまたチビたちが足の下に入ってきたら、本気でそっちの家に連れていくぞ、マーカス」ジョナサンが怒っている。

「一緒に遊びたいだけよ」クレアがかばってくれた。こんな感じでひたすら待つしかない時間が延々つづいた。

神経が擦り切れ、緊張でくたくたになってきたころ、猫ドアを三回叩く音がした。合図だ。すぐそばにいたジョージが外に飛びだしていったので、ぼくたちは帰りを待った。

「よし」戻ったジョージが言った。「ターゲットは家のなかだ。やろう」

「どういう意味、パパ？」ホリーが訊いた。

「これからタイガーが隠れに行くって意味だよ。気をつけるんだぞ、タイガー」ジョージに声をかけられ、タイガーが出ていった。すごく興奮しているので計画をめちゃくちゃにしそうで心配だが、ネリーが付き添ってくれるからだいじょうぶだろう。

「じゃあ、今度はトミーをつかまえよう」ぼくはみんなと肉球を合わせ、第二段階に突入した。

トミーはアレクセイとコニーと一緒にソファに腰かけ、携帯電話をいじっていた。アレクセイのほうが勘が鋭いから、この状況はあまり好ましくない。アレクセイも一緒についてきたら？　それはまずい。来るのはトミーだけにしたい。

「ママ、宿題をしにアレクセイと帰ってもいい？」まさに指示を出そうとしたとき、コニーが尋ねた。最高のタイミングで祈りが通じるときもある。

「いいわよ、わたしたちもそろそろ失礼するつもりだから」シルビーが答え、アレクセイとコニーがみんなにさよならを言いはじめた。ちょっと時間をかけすぎていて、ぼくはいらいらしないように我慢したけれど簡単じゃなかった。出発しなきゃいけないのに、それも急いで。

運よくトミーもふたりを見送るために立ちあがり、そのあとキッチンへ向かった。いいぞ。ほかのみんなはリビングにいる。トミーが携帯電話にかじりついたまま残り物を食べはじめた。ぼくはスノーボールに目配せした。大きな音をたてる必要があるが、だれにも来てほしくなかったので、スノーボールと力を合わせてドアを押し、なんとか閉めた。細かいところが大事なのだ。どんな作戦もこんなふうに巧みにやるべきだ。

ぼくは合図を送った。作戦の中心となる役目をタイガーに取られたと思っているサンタとホリーはへそを曲げたままなので、機嫌を取るためにトミーの気を引いてポリーの家に連れていく役目を任せると言ってある。もちろん、ぼくとジョージとスノーボールがバックアップにつくけれど。

「なにしてるの？」トミーが戸惑っている。サンタが両脚のあいだをくねくね歩き、ホリーは足の上に座っている。

「ミャオ」ホリーが鳴いた。

「ミャオ、ミャオ、ミャオ」サンタも声をあげている。

ぼくたちは床に腰をおろして見守った。

「なに？　どうしたの？」

狙いはこうだ。もしぼくたちが勢ぞろいしているのをトミーが見たら、タイガーがいないことに気づくだろう。だからサンタとホリーが前足でトミーを軽く叩きはじめると、ぼくたちも加わった。みんなでトミーを取り囲むかたちになった。

「なんだよ、アルフィー、どうしたの？　おなかが減ってるんだよ」いらいらしている。

「なんでいつもしつこくしてくるんだよ。ジョナサンがしょっちゅう文句を言うのも無理ないな」

「ニャー」もっとやるしかない。ぼくたちはリビングまで音が届かないように祈りながら、精一杯大声を出した。

「そうか、なにか言いたいことがあるんだな。でもぼくは猫語をしゃべれない」しばらくすると、トミーが椅子に腰かけて皮肉を言ってきた。さすがにそのときはアレクセイにすればよかったと思った。アレクセイのほうがはるかに呑みこみが早いし、皮肉も言わない。

でも、肝心なのはトミーの気を引いたことだ。ずらりと並んだぼくたちをトミーが見た。そして改めて目を向け、端から端まで順番に視線を動かした。不審そうに目を細めている。

ぼくは床に横になった。少し時間がかかりそうだ。

「タイガーはどこ？」ようやくトミーが気づいた。「それともサンタかな？」

「ミャオ」タイガーだよ。

「ううん、やっぱりタイガーだ。あの子はいたずらっ子だから。え？　またどこか行っちゃったの？」

「ミャオ」ホリーが膝に飛び乗って顔を舐めた。

「うわっ！　ホリー、ちょっと勘弁して。で、タイガーはどこにいるの？」

　ぼくたちはそろって裏口へ向かった。

「ミャオ」ついてきて。

　よかった、半信半疑の顔をしながらもついてくる。ただ、ずっとぶつぶつ文句を言っていた。

「ママたちに話したほうがよかったんだろうけど、タイガーがまた叱られることになるかもしれない。問題を起こしてばかりいるからね。ちょっとぼくに似てる。だから力を貸すよ」

　やっぱりトミーにしてよかった。どうなることかとひやひやしたけれど、トミーを連れてわが家の横を抜け、ポリーの家の玄関先に向かった。

「タイガーはここにいると思ってるの？　ほんとに？」玄関をノックしようとしている。

「ニャー」ぼくはあわてて足を踏んづけた。

「ああ、そうか、ここは空き家だった。どうやってなかに入ればいいかな」頭を掻いている。

　なにからなにまでぼくがやらなきゃいけないんだろうか。

「ミャオ、ミャオ、ミャオ」クレアが預かったスペアキーがうちの玄関ホールに置いてあるよ。

「そうか。スペアキーを持ってくるよ。クレアに断ったほうがいいかな」

「ミャオ」ぜったいだめ。

「やめとこう。タイガーが叱られるだけだし、叱られるとうるさくてしかたないのはよくわかってる。ぼくもよく叱られてるから――痛っ！」ぼくはとぼけた顔をしてみせたが、急いでほしくてトミーの足を思いっきり踏んづけていた。普段はこんなせかし方はしないけど、いまは非常事態なのだ。

トミーはこの状況にちょっと物怖《ものお》じしながらも、徐々にわかってくれたようだった。もっとも、この調子だとエミリーに会うのは一年先になりそうだ。

「ここで待ってて」トミーがそう言い残して通りの反対側へ駆けていった。

「だれか一緒に行ったほうがいいと思う？」ホリーが訊いた。

「ちょっと混乱してるみたいだったよね」とサンタ。

「まあ、トミーはあくまで人間だからね。だいじょうぶ、きっと鍵を持って戻ってくるよ」ぼくは心のなかでそうなるように祈った。もう疲れてしまったから、これ以上あまり仕事を増やしたくない。

玄関先でじっと待つ時間は延々つづくような気がした。ようやくトミーがこちらへ来るのが見えた。

「遅くなってごめん。パパにつかまって、なにしてるんだって訊かれたんだ。友だちに会いに行くって答えて、パパがリビングに戻るのを待ってからなんとかスペアキーをくすねてきた」トミーがポケットから鍵を出して玄関をあけるあいだ、ぼくたちはほとんど息もできずにその場を動かずにいた。

「タイガー」トミーが家のなかに入りながら声をかけた。みんなでまっすぐキッチンへ向かうと、エミリーがテーブルについていた。ぼくたちを見てパニックになり、裏口へ走っていく。

「ニャー」ぼくは思いっきり声を張りあげた。

「どういうこと？　きみはだれ？」ドアをあけようとしたエミリーにトミーが叫んだ。

「あなたこそだれ？」エミリーが振り向いた。ゆったりしたパーカを着ていて、すごく疲れて見える。ジャスパーが駆け寄って足元にまとわりついた。

「ぼくはこの家の持ち主の友だちだよ。タイガーはここにいるの？」ここに来た理由を思いだしたみたいに訊いているが、面食らっているようだ。

「タイガーって、だれ？」エミリーが尋ねた。まだ片手をドアの取っ手にかけたままだ。

顔には怯えが刻まれている。

タイガーがドアのうしろから現れた。

「ああ、タイガー」わけがわからず、状況を理解するのに少し時間がかかっているらしい。

「どうしてこんなにたくさん猫がいるの?」遅まきながらエミリーがぼくたちに気づいた。

ジャスパーは脚に体をこすりつけて安心させようとしているが、エミリーは怯えきっている。

「いい質問だ」トミーが答えた。そしていかにもトミーらしく、キッチンのテーブルについた。

「で、きみはなぜここにいるの?」

「行かなくちゃ」エミリーが言った。「すぐ出ていかないと」

「ミャオ」ぼくは叫んだ。行かないで、お願いだから。

「行かないでよ。とにかくここにいる理由を教えてくれない?」トミーが尋ねた。どうやら本来のトミーに戻ったらしい。少なくともそれに近づいてはいる。タイガーはすっかり満足そうに肉球を舐めていた。

エミリーが椅子に腰かけた。本当にあまり元気に見えず、悲しそうだ。それでも長いあいだひとりで頑張ってきた。トミーが力になってあげますように。

「隠れてるの」

「そうなんだ、なにから？　悪いやつから？」やれやれ、やっぱりアレクセイにすればよかった。ぼくはしっぽをひと振りした。

「まさか、そんなんじゃない。ママが病気になって入院したの。ママみたいな人を助けてくれる病院に。ママは自分で自分を……苦しめようとしたの」頬にあふれた涙をぬぐっている。

「そんな、辛かっただろうね」トミーがエミリーの隣に移動した。本気で心配しているようで、ぼくはちょっとほっとした。

「ええ。わたしは施設に送られることになったけど、怖かった。それにそこはジャスパーを、わたしの猫を連れていけない場所だった」

ジャスパーがミャオと鳴いてエミリーの膝に乗った。

「ジャスパーと離れ離れになりたくなかったし、知らない人と暮らすのもいやだった。意地悪されるかもしれない。病気になったママの世話をひとりでしなきゃいけないのも大変だったけど、知らない人と暮らすほうがずっといやだった」

「わかるよ、テレビで観たことがある。ひどいところだった」トミーがなんの役にも立たない言葉を返した。

ぼくは足を踏んづけてやった。

「痛っ！」どうやら伝わったらしい。「でももちろん現実はテレビとは違うし、やさしい人も大勢いると思うよ」ぼくが期待したほど説得力がない言い方だ。

「いちかばちか試す気になれなかった。パニックになったんだと思う。だから逃げたの」

「どこに住んでたの？」

「クロイドン。ここからはけっこう離れてるけど、それほど遠くないわ。車なら」

「クロイドンがどこかは知ってるよ。歩いていきたいとは思わないけどね」歩くのがあまり好きじゃないトミーらしい。

エミリーの声はすごく幼くて、途方に暮れていた。まだ子どもなのだ。トミーに力になってあげてほしい。

「それでこの家を見つけたの？」

「うん、最終的に。人目につかない物置を転々としてたんだけど、そのうちこの通りにたどり着いて、この家には家具がないって気づいた。だから二、三日様子を見てから、思いきってなかに入ったの」

「どうやって入ったの？」たしかにそうだ。ジャスパーに訊きもしなかったが、なにもかもぼくひとりでは考えられない。

「キッチンの窓がひとつ開いてたの。だからよじ登って入ったら、裏口のそばに鍵があったから、ずっとそれを使ってる」

サーモンとグッドウィン夫妻がエドガー・ロードのセキュリティを心配するのも無理はない。あけっぱなしの窓にだれも気づかないなんて信じられない。入りこんだのがエミリーで、悪い連中じゃなくてよかった。それどころか、もっと悪い事態になっていたかもしれない。

「おなかは空いてる？」トミーが尋ねた。

「うん。でももうあまりお金がないの。ジャスパーにはごはんをあげてるけど、いつもより少ないから心配なの」

「それなら、これからぼくが食べ物を持ってきてあげるよ。それまでここにいてくれる？」

エミリーがうなずいた。

「約束する？」

「だれにも言わないって約束してくれるなら」

「ぜったいだれにも言わないよ。その証拠にこの子たちを置いていく」

「そもそも、なんでわたしがここにいるってわかったの？」

「もちろんこの子たちのおかげだよ」ぼくたちがわざとやったと気づいたらしい。「この子たちがぼくをここに連れてきたんだ。じゃあ、アルフィー、あとは任せたよ。すぐ戻る」

第二段階は大成功に終わった。いろいろあったけれど。

Chapter 22

トミーはうちからランチの残り物と戸棚にあった食べ物を持って戻ってきた。キャットフードもあったけれど、ぼくはかまわなかった。エミリーがすぐさま置いたフードを、ジャスパーががつがつ食べはじめたからだ。そうとうおなかが空いていたに違いない。トミーはキッチンのテーブルに座り、食事をするエミリーを見ていた。缶に入った飲み物もあるのをエミリーは喜んでいるようだった。ぼくはまた胸が張り裂けそうになった。エミリーに話しかけて心を開かせるトミーが誇らしかった。

「ずっと逃げてはいられないよ」トミーが言った。

「うん、わたしもそんな気がしてきた。寒いし心細い。それにお金を稼ぎようがない。食べ物を盗むしかないと思ってたけど、つかまったら結局ジャスパーと離れ離れになっちゃう」また気持ちを抑えられなくなっている。子どもには整理ができないほどさまざまな感情を抱えているんだろう。

「わかるよ。ほら、ぼくにも猫の家族がたくさんいるからね。それはそうと、ぼくはこの通りに住んでるわけじゃないんだ」

ふたりはむかしから友だちだったみたいに話していた。ぼくはほっとしながらトミーの膝で耳を傾けていた。そのうちトミーの携帯が鳴った。

「まずい、ママだ。帰って宿題をしないと。でも明日、学校に行く前にまた来るよ。それまでここにいるって約束してくれる？　力になるから、ぼくを信じてどこにも行かないでよ」

「どうしてあなたを信じなきゃいけないの？」なかなか人を信じられない少女にぼくは同情した。

「あまり選択肢はないからだよ。きみを困らせるようなことはしないって約束する。力になりたいだけだ。それはそうと、なにか欲しいものはある？」

エミリーに頼まれたものをトミーが携帯にメモすると、またエミリーがぽろぽろ泣きだした。

母親のことで心を痛めているのに、ほかに家族がいないからだれにも打ち明けられずにいたんだろう。でもジャスパーと離れる気になれず、行き詰まっている。自分の猫を最優先に考えたり、離れ離れになるのを拒む人間を責める気になれない。ただ、エミリーの身の安全が心配だ。外の世界が危険でいっぱいなのは身をもって知っている。エミリーがここにたどり着いて本当によかったし、トミーが力になってくれそうでよかった。

どうかそうなりますように。

ポリーの家を出たぼくは、作戦を立派にこなした仔猫たちを褒めてやった。ジャスパーとエミリーもいろんな気持ちから解放されて、少しは穏やかな時間を過ごせるだろう。仔猫たちには最初のテストは合格だと告げた。これはすごいことだ。実際はやりながら考えた作戦だったけれど、仔猫たちは大喜びしていた。ハナとジョージも仔猫たちを褒めちぎり、だれも怪我をしなかったこと、いまのところ大惨事になっていないことにみんなほっとしていた。

ここまでは順調だが、計画はまだ始まったばかりだ。

トミーをエミリーに会わせるのは成功したから、次の段階はエミリーがおとなと話すようにトミーに説得してもらうことだ。ぼくはクレアがいいと思っている。クレアとジョナサンはトビーを養子にしたから、複雑な家庭の事情をよくわかってる。それに思いやり深いし常識もある。これをトミーに自分で気づいてほしい。エミリーはずっとあの家にいるわけにはいかないんだから。グッドウィン夫妻とサーモンに見つかるかもしれないし、ポリーとマットが家を売る決心をするかもしれないから、時間が肝心なのに変わりはない。

それもトミーに気づいてもらわないといけない。

ところが、それから数日たってもトミーはそういうことに思い至らないようだった。エミリーも。それどころか正反対で、時間はいくらでもあるみたいに振る舞っていた。

頑張ったご褒美に、仔猫たちにはポリーの家でジャスパーと遊んでもいいと言ってある。それはいい。ただ、おとなと話すようにエミリーを説得せず、トミーが学校をサボってエミリーと過ごすようになったのはよくない。

初日の朝、朝食を持ってきたトミーはエミリーと一緒にいると言いだした。そして結局何時間もトミーの携帯で動画を観ていた。そのあと出かけたトミーは食べ物を持って帰り、まるでふたりであの家に住んでるみたいに戸棚にしまいこんだ。うちの物置から庭用の寝椅子まで持ちだしてリビングに並べた。さらに大きな画面で動画を観られるようにタブレットを持ってくるようになった。ぼくが行ったら、ふたりは庭用の寝椅子でポテトチップスを食べながらタブレットで映画を観ていたこともある。まさかこんなことになるなんて。

トミーは夕食の時間まで帰ろうとしない。

作戦はもはや作戦どおりではなくなっていた。

ふたりの行動パターンはエスカレートしていった。トミーは毎日学校をサボっている。

自宅から食べ物を持ちこみ、うちから持ってくることもあった。エミリーには母親が預かっている合鍵を借りたと説明し、クレアが子どもたちを学校に送っているあいだに入りこんでいる。ジャスパーのために持ってくるぼくたちのキャットフードの量も増え、それは別にかまわないけど、人間の食べ物も勝手に取ってくる。はっきり言って、いまのトミーはあの家に住んでるみたいだ。エミリーと一緒にサンドイッチを食べながら泡の出る飲み物を飲み、映画や動画を観ている。自宅に携帯電話を置いてきたエミリーのために安いものとはいえ携帯まで買ってあげ、これで自分がいないときも無事を確認できると言っていた。ぼくが見る限り、一緒にいない時間なんてほとんどないのに。ぼくはいてもたってもいられなかった。このままだとまずいことになる、ぜったいに。

トミーは抜け目なく振る舞っているつもりのようだった。学校が終わる時間にいったん家に帰り、夕方また戻ってくる。ふたりはすごく仲がよく、ちょっとよすぎるぐらいだが、このまま無事にすむはずがない。ため息が漏れた。ふたりに間違いだとわからせるにはどうすればいいだろう。別の作戦が必要なのに、前回の作戦の疲れからまだ立ち直りきっていない。

仔猫たちには授業の一環としてトミーの監視を手伝ってもらっている。彼らは新たな作戦を考える手伝いもする気でいる。

「おとなを連れてきたほうがいいんじゃない？」ホリーが理にかなった意見を言った。

「それはぼくも考えた」ぼくは応えた。「でもトミーが正しい行動をしてくれるんじゃないかと期待してたんだ。あの子を買い被《かぶ》ってたかもしれない」

「どういう意味？」サンタが訊いた。

「トミーがおばかだってことを、うっかり忘れてたってことだよ」タイガーが答えた。

「そんな言い方しちゃだめだよ、タイガー」注意はしたが、こうなってみるとあまり反論できない。

「学校をサボってるのが親にばれたらどうするの？」ある日、エミリーがぼくの思いを口にした。

「ばれないよ。病気だってメールを出してるし、送ったのがパパじゃなくてぼくだなんてわかりっこない」強がっている。得意満面だ。

「ほんとにありがとう。こんなに安心できるのは、ママが病気になってから初めてよ」

「お母さんになにがあったの？　少し話してもらったけど、もっと知りたい」

「しばらくは元気だったけど、そのうち気分が沈みがちになって仕事ができなくなったの。うちはママとわたしだけでアパート住まいだったけど、問題なく楽しく暮らしてた。でも去年、状況がどんどん悪くなったの。ママはベッドから出なくなって、わたしは一生懸命看病したわ」目に涙があふれている。「ある日、学校から帰ったらお隣のマリーが来てた。ママがたくさん薬を飲んだの。ジャスパーがマリーに知らせてくれたのよ。薬を飲んだのはわかってやったことだったけど、ママはまともに考えられなくなってた。入院したあと、かなり具合が悪くて専門の病棟に移ることになって、しばらくわたしの面倒を見られなくなった。ほかに家族はいないから、わたしは施設に入るように言われたわ。ジャスパーはお隣のマリーに預けなさいって。そんなのいやだったから、迎えが来ないうちにジャスパーを連れて逃げたの」

「お隣の人は気づかなかったの？」

「うん。急いで逃げたから、いなくなったことにはだれも気づかなかった。わたしは荷物をまとめるように言われてて、その隙に逃げたの。そして気づいたときはどこかの物置で寝てたわ」

「なんで友だちに話さなかったの？」

「友だちなんていないわ」悲しそうだ。「おしゃれな服なんか持ってないし、家では洗えないから制服を洗ってないこともしょっちゅうだったから、女の子のグループに入れてもらえなかった。悪口を言われてた。いつもひとりだった。ジャスパーだけが友だちだった」本格的にすすり泣いている。ジャスパーが寄り添った。

「友だちならいるよ」トミーが言った。「ぼくがいる。ぼくはどこにも行かないよ」

たしかにそうだ。トミーが信じられないほど愚かじゃなくて、とんでもなく厄介なことになりかねない状況でなければ、微笑ましい話だっただろう。そしてぼくは自分に責任があると思わずにいられなかった。

知らない人が見たら、のんびりキャンプしていると思っただろう。エドガー・ロードのキャンプ場。でもぼくにのんびりしている余裕はなかった。いろんなことに目を光らせようとするあまり、くたくたになっていた。

トミーは今週ずっと学校をサボり、ついに金曜日になってしまった。ぼくたちは交代でふたりの様子を見ていたが、目に入るのはポリーの家で楽しく過ごすふたりの姿だけだった。トミーはエミリーがゆっくり眠れるようにどこかから空気でふくらませるマットレスを調達してきて、フランチェスカと自分の服も提供していた。洗濯機を使えるように洗剤を持ってきた。バスルームで使ういろんなものも。そうやって自分たちの居心地をかなりよくしている。家から物がなくなっていることにどうしてだれも気づかないのか、ぼくには理解できなかった。

寝椅子に置くクッションと、飲み物やスナック菓子を置く小さなテーブルまでトミーは運びこんだ。両親の店から持ってきた食べ物をオーブンで温め、まともに食事ができるように食器まで持ってきた。あと足りないのはテーブルクロスとろうそくぐらいだけど、トミーならやりかねない。どんどん居心地がよくなっている。

一方のぼくは困り果てていた。

「どうするの?」スノーボールが訊いてきた。お互いにこのままではまずいとわかっている。

「おとなかアレクセイを巻きこむしかないかな」

「そうね、あの家にアレクセイを連れていくのはどう? コニーも一緒に」スノーボールが言った。「あのふたりなら、きっとトミーにこのままじゃいけないってわからせてくれる。トミーに聞く耳がなければ、おとなに話すわよ」

「そうするしかなさそうだね。学校からトミーが来てないってトーマスとフランチェスカに連絡が行くのも時間の問題だし……」ぼくは応えた。「しかたない。仔猫たちを集めよう。次の作戦を開始する。どうか今度のが最後になりますように」ぼくは祈った。またしても。

Chapter 23

「じゃあ、こないだの作戦はうまくいったのに、うまくいかなかったの？」新たな作戦が必要だと聞いたタイガーが言った。ぴょんぴょん飛び跳ねているので、見ているとめまいがしそうだ。

「うん、まあね。トミーはエミリーをおとなに会わせるはずだったのに、ポリーの家を自分用の場所に変えてしまったんだ」

「そうだわ。大事な話があるんだった」ホリーが香箱をつくった。

「なに？」ぼくは気持ちを引き締めた。

「トミーがエミリーに言ってたの、今度の週末泊まりに来るって。親には友だちの家に泊まるって言うんですって」

「なんでそんなことを？」

「トミーはエミリーが大好きなのよ」

「うん。アレクセイがコニーを好きみたいに」サンタがひげを立てている。

「うげっ」とタイガー。

ぼくは頭を抱えた。もう勘弁してほしい。十代の恋なんていまはなんの役にも立たない、これっぽっちも。分別のあるアレクセイでさえ、数年前コニーに出会って冷静さを失った。コニーと会うのを禁じられたアレクセイは生まれて初めてルールを破った。しょっちゅうルールを破ってばかりのトミーがなにをしでかすか、わかったものじゃない。これは緊急事態だ。

「こうなったら、急いで作戦を立てるしかない。今夜のうちにアレクセイをあの家に連れていくんだ。どうする？」

「同じ作戦で行けばいいんじゃない？　このあいだはうまくいったんでしょう？」ホリーが言った。

「まあ、トミーを連れていくのは成功したよね」とサンタ。「そのあとのことは、ぼくたちのせいじゃないよ」

「じゃあ、同じ作戦で行こう。アレクセイとコニーにタイガーがいなくなったと思わせることができれば、ついてきてくれるはずだ」仔猫たちを訓練しておいてよかった。

その夜、ジョージがアレクセイはコニーと隣で宿題をしていると知らせに来た。第一段階クリア。ぼくたちから話を聞いたジャスパーもこのままだとトミーとエミリーがまずいことになると納得してくれたので、第二段階もクリアしたところで、タイガーがふたたびポリーの家へ向かい、ぼくたちは出かける用意を整えた。

今回、サンタとホリーでアレクセイの気を引いてくれれば、ぼくたちは外で待っていられる。アレクセイはトミーより察しがいいから、状況を理解するのが早いはずだ。とにかくそうなるように祈ろう。


ぼくとジョージは仔猫たちがうまくやっているように祈りながら外で待っていた。スノーボールはなにかあったときのために家のなかにいる。この機会にひと休みしてほしい。みんなから目を離さずにいるのは大変で、スノーボールは疲れきっている。それはぼくも同じだけど、現場に出ないわけにはいかない。ジョージもぼくも、なにが起きても対処できる自信があった。

玄関が開いてアレクセイとコニーと仔猫たちが出てきたときは、正直ほっとした。アレクセイがぼくに気づいた。

「タイガーがどこにいるか知ってる？」アレクセイが尋ねた。

「ミャオ」ぼくは答えた。

「なにを言いたいの？」コニーが訊いた。

「さあ。でもたぶんタイガーがまずいことになってるんだ。またしても」アレクセイが答えた。「問題は、一度トラブルを起こすと、トラブルメーカーのレッテルを貼られることだ。トミーとタイガーがいい例だが、トミーの評判が悪いのはたぶん自業自得だし、いまだってそれにふさわしいことをやっている」

「ミャオ」ホリーが声をかけ、サンタと一緒にポリーの家へ歩きだした。

「ついてきてほしいのかしら」とコニー。

「たぶん」アレクセイが答え、コニーとちらりと目を合わせている。

ぼくはアレクセイの脚に体をこすりつけてそのとおりだと伝え、ふたりを連れて歩きだした。

鍵の問題があったので、裏口へ案内した。仔猫たちが猫ドアからなかに入るのを見て、アレクセイがコニーに言った。

「どうやって入ればいいかな。鍵は壊せない、犯罪になっちゃう」不安そうだ。

「アレクセイ、ドアを試してみたら？」コニーがにやりとして取っ手に手をかけた。よかった、鍵がかかってない。トミーのためにエミリーは自分がいるとき鍵をあけたままにしているんだろうが、それはそれで心配だ。だれでも入ってこられる。トミーもエミリーも安全とは言えない状況で、ぼくたちが作戦を早めに実行してよかった。

「どういうこと？」家のなかに入ったアレクセイの目がまん丸になっている。

「トミー、なにをしてるの？」コニーが叫んだ。

「え？　うわっ――」立ちあがろうとしたトミーが椅子にぶつかって尻もちをついた。

「だいじょうぶ？」エミリーが片手を差しだしている。

「だれ？」アレクセイが訊いた。

「そっちこそ、だれ？」エミリーが訊き返す。

「ミヤオ」タイガーが悦に入った顔で現れた。

これでふりだしに戻った。

ぼくたち猫は一列に並び、ジャスパーとタイガーも加わった。トミーが起きあがって埃を払った。顔が少し赤い。

「なるほど」アレクセイが口を開いた。「ずいぶんくつろいでるようだな、自分の家でもないのに」

「そんなんじゃないんだ」トミーが言った。

「じゃあ、なんなの？」とコニー。

「わたしが悪いの」エミリーが口をはさんだ。「わたしが勝手に入りこんでたの」

エミリーが改めて自分の話を始めた。かいつまんだ話ではあったけれど。

アレクセイとコニーが腰をおろした。エミリーが泣きながら話し終えたとき、ぼくはアレクセイの膝に乗っていた。

「どうするつもりだ？」アレクセイが訊いた。

「兄さんたちが来るまでは、うまくやってた」とトミー。

「ミャオ」それは違う。

「いつまで見つからずにいられると思ってたの？」コニーが尋ねた。

「それは……」トミーの自信がいくらか薄らいだようだ。両手をもじもじさせている。

「それに学校は？」アレクセイが問い詰めた。「ぼくは試験準備休暇中だけど、学校から父さんたちに連絡が行くぞ。もうしてるかもしれない」心配そうにしている。トラブルを避けたいのだ。この点でアレクセイとトミーは正反対だ。でもさすがのトミーも深刻なトラブルは望んでいない。そして学校をサボるのが深刻な問題なのは、ぼくにもわかる。

「そこまで考えてなかった」エミリーが応えた。

「トミー、今回はさすがにまずいぞ」

「わたしが悪いの」エミリーが訴えた。「嘘じゃないわ。どこにも行くところがなくて、トミーがいなかったらどうしていいか……」また泣きだしている。

　みんなであわててエミリーを慰めはじめた。もともとみんなやさしいのだ。ぼくも加わろうとしたとき、スノーボールが猫ドアから飛ぶような勢いで入ってきた。ぼくは床におりて迎えに行った。

「どうしたの？」仔猫たちとジョージも集まってきた。

「ごめんなさい、急いでたの。トーマスと、ジョナサンが」息切れしている。

「落ち着いて」いやな予感がする。ものすごくいやな予感が。「ちゃんと話して」

「仕事から戻ったジョナサンにトーマスから電話があったの。どうやらトーマスのところに学校から連絡が来て、トミーが来週には学校に来られるか訊いたみたい。ジョナサンはトミーをののしってたし、トーマスもかなり怒ってたみたい。怒鳴ってる感じだった」

　猫の耳がよくてよかった。

「そのあと携帯電話を探せるものの話をしてて、トミーは電源を切ってたけどアレクセイのは入ってたから、アレクセイがここにいるのがわかって、ジョナサンに見に行くように頼んでた。もうすぐ来るけど、あまり機嫌がよくないわ。それどころか、かんかんに怒ってる。わたしがとっさに靴を隠しておいたから、別の靴を見つけるまでしばらくかかるはずよ。クレアは子どもたちと出かけてて訊けないから」話し終えたとたん床に寝そべっている。一気にまくしたてられたので、ぼくが事態を呑みこむまで少し時間がかかった。

「どうするの？」タイガーの目に不安が浮かんでいる。

「ジョナサンの邪魔をする余裕も、トミーたちに警告する余裕もない」ぼくは答えた。

「いまさらどうしようもないから、どうなるか見てるしかないよ」複雑な気持ちだった。たしかに人間のおとなが必要だと思っていたが、頭に血がのぼったジョナサンに来てほしいとは思わない。いちばん来てほしくない相手だ。「でも、靴を隠したのはいいアイデアだったね」そうつけ加えると、寝そべって大活躍の疲れを癒しているスノーボールが弱々しく微笑んだ。

玄関ドアをドンドン叩く音が響いた。

「だれ？」エミリーが訊いた。

「無視したほうがいいかな」とトミー。

「まだ事を面倒にしたいのか？　ぼくが行く」アレクセイが立ちあがった。自分がジョナサンがここに来る原因になったことはわかっていない。ぼくも玄関に向かった。できればこの場にいたくないけれど、そうはいかない。アレクセイが玄関をあけると、左右ちぐはぐな靴を履いたジョナサンの怒った顔が目の前にあった。

Chapter 24

「ここでなにをしてる?」ジョナサンがすごい剣幕でアレクセイを押しのけ、まっすぐキッチンへ向かった。ぼくが脚に体をこすりつけてなだめようとしても効果はない。

「それからトミー」ジョナサンがトミーを指さした。「今週ずっと学校をサボってるな。おまえの父さんから電話をもらって来てみたら、パーティをしてたようだな。それにアレクセイ、コニー、きみたちはもっと分別があると思ってたよ。マットとポリーの気持ちを考えなかったのか?」

ジョナサンは一方的にしゃべりつづけて口をはさませないのがすごくうまい。ジョナサンがまくしたてているあいだ、ぼくはちょっと気が咎《とが》めた。ぼくの作戦が招いた結果だ。また逃げだしたくなったけれど、我慢した。最後まで見届けないと。仔猫たちもさすがに少し呆然としている。みんな責任を感じていたが、ぼくたちのせいとは言いきれない。

「ぼくたちはさっき来たんだ。アルフィーたちに連れてこられた」アレクセイが言った。

やれやれ、たしかに連れてきたのはぼくたちだ。

「なるほど、こいつらがからんでると気づくべきだったな」頭を掻いている。「でも、それはいまどうでもいい」

「ぼくも猫たちに連れてこられたんだ、エミリーのところに」トミーが言い訳を始めた。

「なにも悪いことはしてない。エミリーの力になろうとしただけだよ、嘘じゃない、信じてよ、ジョナサン」必死になっている。

「へえ、そうか。で、きみがエミリーだな」ジョナサンがエミリーを指さした。「一度も会ったことはないよな」

エミリーがわっと泣きだした。トミーがあわてて慰めている。アレクセイがコニーに目を向けた。ふたりとも逃げるか留まるか迷っているらしい。ぼくは逃げたい。

「おいおい、泣かないでくれよ。泣かせるつもりはなかったんだ」ジョナサンが怒鳴るのをやめた。「頼むから泣きやんでくれ。でも、ここはきみの家じゃない。どうしてここにいるんだ?」あたりを見渡し、また頭を掻いている。そしてキッチンのカウンターで視線をとめ、そこにあった食べかけのポテトチップスの袋を手に取った。

「大好物のポテトチップスはどこに行ったんだろうと思ってたんだ。ゆうべ探したんだぞ。大好きな、いちばん好きなやつ。トミー、おまえがくすねたのか?」

「ごめん」トミーがぼそぼそ謝った。「でも食べるものが必要だったんだ」

「だけどぼくの好きな——」ありがたいことに、わめき散らすジョナサンを携帯電話がさえぎってくれた。「ああ、クレア、よかった。いまポリーの家にいるんだ」

電話越しにクレアの話を聞いている。声とそわそわしだした仔猫たちがたてる音だけが響いていた。

「いいから、急いで帰ってきてくれ。子どもたちはぼくがうちに戻って見てるから。そのとき全部話す」

ジョナサンが電話を切ってあたりを見渡した。まだ頭が混乱して事情を呑みこめずにいる。

「クレアに来てもらう。彼女ならうまくやってくれるはずだ……どういう事情であれ。動くなよ」ジョナサンがぼくたちを指さした。「ひとり残らず動くな。猫もだ」

出ていくジョナサンはちょっと歩き方がぎくしゃくしていて、それはたぶん左右ちぐはぐな靴を履いているからだろう。

「そうとうまずいことになるぞ」アレクセイが頭を抱えた。

「アレクセイはならないよ、来たばかりなんだから。叱られるのはぼくだ」トミーが言った。叱られてとうぜんだと思う。そもそもトミーがやるべきことをしていればこんなことにならなかったし、ぼくも自分が立てた作戦のせいだとうしろめたく感じることもなかった。でも、クレアならうまくやってくれるだろう。ジョナサンは腹を立てて怒鳴り散らすだけだけど、クレアなら冷静に事態を把握してくれるはずだ。とにかくクレアが適任だ。最初にここに来るのがクレアならよかったのに。

「ごめんなさい」エミリーはまだ泣いている。「全部わたしが悪いの」

「違うわ」コニーが言った。「あなたは大変な思いをしてきた。お母さんに会いたかったでしょう？　家出したのはまずかったかもしれないけど、怖くなったのは無理もないわ。それにとても勇気がある、とてもね」

「ほんと？」

「そうだよ、きみみたいに勇気がある人に会ったことがない」トミーが言った。「きみはすごいよ」

アレクセイがコニーに向かって眉をあげてみせると、トミーがまた赤くなった。ぼくはしっぽをひと振りした。

「トミー、あなたがいなかったら、どうなってたかわからない。今週は生まれてから最高に楽しかった」

トミーが学校をサボっていなければ、ホロリとさせられただろう。でもこれからふたりには山ほど試練が待っている。ぼくはひげを立てた。

ジャスパーと仔猫たちとジョージが裏口のそばに座っていた。

「これからどうなるんだ?」ジャスパーが尋ねた。「かなりまずい展開になってるぞ」

「だいじょうぶ」ぼくはすかさず応えた。「作戦は成功する前にいつもちょっとまずい展開になるものなんだ」

「そうなの?」とタイガー。

「少なくともぼくの経験ではね。その話は次の授業でしてあげる。とにかく作戦は見事成功だ。トミーの気を引いて、家族のなかでいちばん分別のあるクレアかフランチェスカに力になってもらうのが目的だった。少し回り道はしたけど、それはトミーが期待どおりに動いてくれなかったからで、かわりにアレクセイにやってもらおうとしたら、トミーがここにいるのがばれて、クレアより先にジョナサンに見つかってしまった。でもクレアを呼びに行ってくれたから、ぼくたちの希望どおりになった」

「つまり、作戦は大成功ってこと?」ホリーが訊いた。

「うん、まあ、ほぼ大成功だね」自信満々で答えた。「何度か寄り道したけど、いまはちゃんと狙いどおりになってる」ぼくは得意げに胸を張った。どうかそうでありますように。

心からそう思う。

現れたクレアはとても落ち着いていたが、戸惑ってもいた。きっとジョナサンは腹を立てすぎて筋の通る話ができなかったんだろう。

「さて、どういうことか、だれか説明してくれる？　ジョナサンはわめくばかりで、なにを言いたいのかよくわからなかったの」やっぱり、ぼくが思ったとおりだ。

「ぼくたちはジョナサンが来るちょっと前に来たんだ」アレクセイが訴えた。「猫たちに連れてこられた」

「そうなの。つまり、あなたとコニーはここに来たばかりで、そのときトミーを見つけたのね？」

「うん」

「じゃあ、今度はトミー。話を整理させてちょうだい。あなたはお父さんのふりをして病気で休むと連絡を入れて、今週ずっと学校をサボって他人の家に入り浸っていたの？」

「うん」トミーがうつむいた。

クレアがうなずき、腰をおろした。「そして、あなたがエミリーね。ジョナサンが泣かせてしまったようね」口調がやさしい。「なにがあったの？　どうしてここにいるの？」

クレアはエミリーの話にじっと耳を傾けていた。どれほど怖い思いをしたか、どれほど幼いかが改めて伝わってきた。もう知っている話なのに、何度聞いても心に突き刺さる。それに、ジャスパーはめげずにずっとエミリーに寄り添って頑張ってきたのだ。それを思うと愛情と賞賛の気持ちが沸き起こった。

「心配しないで、だいじょうぶだよ」ぼくはジャスパーに話しかけ、そのとおりになるように祈った。

「ありがとうな、アルフィー。おかげで助かったよ。あんたがいなかったら、どうなっていたことか」

「ぼくたちもいたよ」サンタが親しみをこめてつついている。

「そうだな、チビたちにも世話になった」ジャスパーがここ数週間の頑張りが一気にのしかかってきたように床に寝そべった。いったい何度昼寝をすればこれまでの疲れを癒せるのか、ぼくには想像もできなかった。

「よくわかったわ、エミリー。まず第一に、ソーシャルサービスは人を助けるためにあるの。怖がる必要はないのよ」話し終えたエミリーにクレアが言った。「でも気持ちは理解できるし、ジャスパーと離れたくなかったのもわかる。ただ、ずっとこのままではいられないわ。この家はもうすぐ売りに出されるか貸しだされるかするし、また逃げても危ない目に遭うかもしれない。外の世界は危険がいっぱいなのよ。ここにたどり着いて運がよかったわ、トミーに出会って。でも次はないかもしれない」

「家出はしたものの、どうすればいいかぜんぜんわからなくて、考えないようにしてたの」エミリーの呼吸が速まり、クレアが手を握った。

「深呼吸して。あなたはもう安全よ。ただ、きちんとしなきゃいけないことがたくさんあるわ。まず、ソーシャルサービスはまだあなたが逃げてると思ってるでしょうし、警察も探してるはずだから連絡しないとね。次に、お母さんの具合を確認しましょう。面会に行けるかもしれないでしょう?」ほらね、やっぱりこういうことを任せるのはクレアがいちばんだ。あくまで現実的で、やるべきことをリストにするクレア。いつだって頼りになる。

「ママには会いたいけど、怖い。すごく具合が悪くて、半年近くわたしに話しかけることもできなくて――」

「だいじょうぶ、わたしがあちこちに電話する。あなたはとりあえずうちに泊まりなさい、予備の部屋があるから。ソーシャルサービスにはわたしから連絡して、さしあたって当面はうちで預かる許可をもらうわ。うちは数年前にトビーを養子に迎えたから、知り合いがいるの。すべて片づくまで、あなたとジャスパーの面倒はわたしたちが見るって約束する」

「わたしが施設に入れられて、ジャスパーは連れていけないって言われたら？」いっそう幼く見える。エミリーにとって、ジャスパーはずっと唯一の友だちだったんだから無理もない。この世に猫がいてよかった。人間が猫を見くびってはいけない証拠だ。

「そんなことにならないように手を尽くすわ。万が一そうなったら、ジャスパーはうちで預かってあなたに会いに行く。でもきっとだいじょうぶ。ちょっと話をでっちあげなきゃいけないかもしれないけど……」早くも頭が回転しはじめている。

「クレア、ジョナサンはあんまり喜ばないと思うよ。すごく怒ってたから」アレクセイが言った。

「ああ、ジョナサンのことはわたしに任せて。それはそうと、靴とポテトチップスがなくなったってしつこく言ってたけど、どういうこと？　とにかく、ジョナサンがどういう人かよくわかってるでしょ、吠《ほ》えるだけで嚙まないの」

できれば犬にたとえるのはやめてほしい。ぼくたちが猫だって知らないんだろうか。

「そうそう、猫の話もしてたわ」クレアがつづけた。

「ぼくをエミリーのところに連れてきたのは猫たちなんだ」トミーが言った。

「ぼくをトミーのところに連れてきたのも」とアレクセイ。

「この子たちがやりそうなことね」クレアが屈《かが》んでぼくの顎をこちょこちょしてくれた。

「アルフィーは賢い子だもの」褒めてくれた。

「クレア、ママに電話してくれる？　きっとすごく怒るに決まってる」トミーが思いだしたように言った。

「だめよ。自分でやりなさい。家に帰って、自分がしたことの責任をちゃんと取るの」

「行こう、トミー。一緒に帰って説明するのを手伝ってやるよ」アレクセイが言った。

「エミリーを助けてたってね。学校をサボったり、ジョナサンのポテトチップスをくすねたりしたのはちょっと間抜けだったけど、よかれと思ってしたことだ」弟の背中をやさしく叩いている。

「それから、庭用の寝椅子を返したほうがいいかもしれないわよ」コニーが言った。

「庭用の寝椅子？」とクレア。「いいの、言わないで、たぶんうちのよね」

「ありがとう、アレクセイ。兄さんがいなかったら、パパとママに殺されるところだった」

「そんなことするわけないでしょ！　でも外出禁止にはなるでしょうね」クレアが言った。

「それと、お皿洗いを山ほどやらされるわ、たぶん」

「それでもエミリーを助けられたんだからかまわないよ。ただ、もっと早くクレアに話せばよかったな」ようやく自分の間違いに気づいたらしい。

人間を信じていれば最後には理解してもらえると、ぼくは常々言っている。たまに時間がかかるだけだ。トミーの場合はかなり長くかかった。

クレアがエミリーの荷物をまとめ、アレクセイとトミーとコニーはしぶしぶ帰っていった。トミーは特に。トミーがどんな目に遭うのか確かめに、ぼくも一緒に行きたい気持ちもあったけれど、疲れすぎてできなかった。ほんとに長い一日だった。ぼくたち猫はそろって外に出てうちへ向かった。

また猫が増えたと知ったら、ジョナサンはどんな顔をするだろう。

Chapter 25

週末の休み明けは天気がよかったので、ぼくは仔猫たちを庭に集めた。新鮮な空気を吸うのは気持ちがよさそうだし、静かな場所で授業をしたい。今日は今回の作戦の結果について話す日にしようと思っている。先週あったことを振り返り、うまくいったことと、もっとうまくできたはずのことを話し、それぞれがどれほどよく頑張ったか語り合うのだ。改めて仔猫たちを褒めてあげよう。さしあたって作戦は成功したし、ちょっとした問題が起きたのはほとんど人間のせいだ。いくら猫でも、あれには手の打ちようがない。

それに、いつも仔猫の学校の授業をしている予備の部屋はエミリーとジャスパーが使っている。まだふた晩とはいえ、ジャスパーはエミリーから目を離そうとしない。エミリーをひどく心配して、しつこく言わないと食事もしないし、クレアに任せておけばだいじょうぶだといくら言っても無駄だった。ソーシャルサービスが来る月曜日を待つ週末のあいだ、エミリーもジャスパーもずっと不安そうだった。

予想どおり、ジョナサンは猫が増えて有頂天とは言えないが、最初の夜エミリーの境遇について遅くまでクレアと話していたときは、エミリーを〝養子〟にしようと話していた。クレアも同じことを考えていたようだが、まずはソーシャルサービスの人と話さないとなにも決められないらしい。ただ、ふたりとも母親の状況がわかるまでエミリーの世話をするつもりでいる。

ジョナサンもクレアもティーンエイジャーと暮らすのはおもしろそうだと言っているが、エミリーの力になりたがっている。それにエミリーがいればトビーとサマーが喜ぶだろうし、トミーもすぐに会いに来られるから大喜びするはずだ。トミーにご褒美をもらう権利なんてないけれど。もっともジョナサンはすでに、トミーは態度を改めたほうが身のためだと息巻いている。ともあれ、エミリーをうちで預かれるようにするつもりみたいで、ぼくはほっとしてすごく嬉しかった。それこそぼくたちが望んだことだ。いろいろあったけど、作戦どおりになるかもしれない。

ジョナサンはこうするのが正しいと確信している。だからぼくはジョナサンが大好きなのだ。神経質で怒りっぽくて、しょっちゅう腹を立てたり怒鳴ったりするけれど、心はすごくやさしい。出会ったころのジョナサンはひとり暮らしで、とうてい幸せそうには見えなかった。何度もぼくを家から追いだした。それでもぼくはあきらめず、最後にはジョナサンの心をつかんだ。生きているあいだに出会う相手すべての愛し方をジョナサンが学んだのは、ぼくの影響な気がする。いまはすごく愛情深いけれど、あのころのジョナサンに会ったらそうは思わないだろう。あるいは大好物のポテトチップスを盗まれたジョナサンに会ったら。


「ジャスパーは来ないの？」ホリーが訊いた。

「ええ」スノーボールが答えた。「今日はエミリーのことでクレアを訪ねてくる人がいるから、エミリーのそばを離れたくないのよ。エミリーが不安でたまらないのも無理はないわ」

「でも、ここにいればとりあえず安全だよね」サンタが言った。

「そうね。みんなが頑張ったおかげよ」

「エミリーのことを知って、マットとポリーはなんて言ってたの？」

「もう住んでないのにいまだに請求書が届くから、ポリーはクレアに電話するつもりだったみたい。たいした金額じゃないけど、電気と水道が使われてたんだ。だれかに貸すかもしれないから、どちらも使えるままにしてあったんだよ。ただ、クレアから話を聞いたときは、怒ったりせずに、エミリーがだいじょうぶか心配してたよ」

「あの家を売ると思う？」

「学校が休みになったら、子どもたちを連れて帰ってくるつもりでいるから、クレアがいくつか家具をそろえてる。どうするかはそのとき決めるんじゃないかな。ただ、あそこを空き家のままにしておけないのがはっきりしたから、これ以上決めるのを先送りにできないと思ってる」ぼくはゆうべの電話に耳をそばだてて知った内容を話して聞かせた。

「サーモンは知ってるの？」サンタが訊いた。

「知らないと思うけど、まだ会ってないからわからないな」その問題に対処するはめにはなりたくないが、それはまた今度考えればいい。サーモンをうまくごまかせれば、永遠に対処しないですむかもしれない。どうごまかすか考えないと。

「じゃあ、今回の作戦を振り返ってみよう」ぼくは授業の開始を宣言した。

褒められて上機嫌の仔猫たちは、午前中ずっと行儀がよかった。ぼくはだんだん、こつがわかってきた。いい教師の才能があるのかもしれない。その一方、仔猫の学校の校長として、自分で言うのもなんだけど、学校を見事に運営している気もする。

ジョージが仔猫たちを迎えに来て、散歩に連れだしてくれた。クレアが話していたソーシャルサービスの人が来たとき、家のなかを静かにしておきたかったのだ。幸い仔猫たちは文句ひとつ言わなかった。ぼくはそわそわ落ち着かず、スノーボールも同じ状態だったが、ジャスパーに至っては心配の塊になっていたので、スノーボールとぼくでなだめ役になるしかなかった。エミリーもジャスパーと似たり寄ったりの状態だった。

「ジャスパーを連れていけないところに行かされたら？　うちに帰りたい」エミリーがクレアに泣きついた。これが初めてじゃない。同じことを何度もくり返している。

「お母さんはまだあなたの世話をできる状態じゃないの、少なくともいまは。でも、一週間かそこらで面会できるそうよ。それにジャスパーと離れ離れにならないように、できることはなんでもやるつもりよ」

そのときエミリーの携帯が鳴った。

「トミーだわ」

「あなたたちは友だちになったのよね。だからお母さんの具合がよくなるまで、ジャスパーとここにいなさいって言ってるの。そうすればトミーと同じ学校に行けるしね。たしかに理想的とは言えないけど、そうなるように全力を尽くすわ」冷静で頼もしい。

「ほんと？　なんでそんなに親切にしてくれるの？」

「この世は悪いことばかりじゃないのよ。悪いことも起きるけど、あなたのせいじゃない。ソーシャルサービスを敵だと思わないでほしいの、あなたの力になろうとしてるだけ。あなたにとってジャスパーがどれほど大切な存在かわかっていなかったかもしれないけど、あなたを苦しめるつもりはなかったのよ」

「でもジャスパーは五歳のときからの親友なの。ずっと友だちはジャスパーしかいなかった。お願いだから離れ離れにしないで」

堂々巡りだが、気持ちはわかる。でもぼくはクレアを信じてる。ひとたびこうと決めたクレアを止めることはできない。嘘だと思うならジョナサンに訊いてみればいい。

玄関ホールをうろうろしていると、クレアが玄関をあけてシャーロットという女性を招き入れた。すぐさまクレアと天気についておしゃべりしはじめている。いい人そうで、ぼくたちもふたりについてキッチンへ行くと、クレアがコーヒーを淹《い》れはじめた。シャーロットはまだ若く、明るい色のワンピースを着ている。それを見てぼくはなぜか安心した。でも一緒にリビングへ行こうとしたら、クレアにドアを閉められてしまった。ぼくはスノーボールとジャスパーと目を合わせた。

「どうして閉めだすんだ？」ジャスパーが言った。

「きっとうっかりしたんだよ」

「どうしよう、エミリーはおれにそばにいてほしいはずなのに」ジャスパーが大声で鳴くと、その声がクレアに届いたらしく、クレアがドアをあけてぼくたちを見た。

「いいわ、ジャスパーだけ入りなさい」ジャスパーが転がるように戸口を抜けてエミリーに駆け寄り、膝に這《は》いのぼった。

「みんな猫が好きみたいですね」シャーロットがクレアに話しかけた。

「ええ、ものすごく」クレアが応え、ふたたびぼくとスノーボールの前でドアを閉めた。

Chapter 26

いくら猫の耳がよくても、ドア越しに話を聞くのはけっこう大変だった。スノーボールと懸命に耳をそばだてたが、聞き取れたのはエミリーの泣き声とクレアが援助について話しているらしいこと、ソーシャルサービスのシャーロットはエミリーの幸せを望んでいることぐらいで、それ以外はよくわからなかった。

話し合いはなかなか終わらなかった。途中でジョージが様子を見に来た。どうなっているのか知りたい仔猫たちはじっとしていられず、ここへ来ないようにするのが大変らしい。まだなにもわからないと教えるとジョージは少しのあいだ耳をそばだてていたが、やっぱりたいして聞き取れなかった。ぼくは仔猫たちが来ないうちに戻るようにジョージを追い立てた。

この家がいつも大騒ぎなのをシャーロットに知られるのだけは避けたい。そんなところにエミリーを預けられないと考えるかもしれない。それにエミリーとジャスパーがここにいられなくなったらどうなるかなんて、考えたくもない。ぼくが失敗したことになるだけでなく、仔猫たちはもちろんトミーもひどくがっかりするだろう。みんなどれほどショックを受けることか。エミリーとジャスパーはなおさらだ。考えただけで泣き叫びたくなる。でも、いちばん大事なのはジャスパーとエミリーを離れ離れにしないことだ。それが最大の目標だから、ぼくはできるだけドアに耳を近づけながら、うまくいくようにひたすら祈りつづけた。

「わたしは隣に行って、ジョージとハナと一緒に仔猫たちを見てるわ」そのうちスノーボールが言った。もう何時間もこうしている気がする。スノーボールも落ち着かない様子で、じっとしているのは辛いけど、それでもぼくはこの場を離れる気になれなかった。

「わかった」ぼくは応えた。「なにかわかったら教えに行くよ」早くそうなってほしい。さもないと眠くなってしまいそうだ。

いきなりドアが開き、リビングに倒れこんでしまった。それで目を覚ましたぼくはあわてて立ちあがり、ゆっくり伸びをして体を伸ばした。眠ってしまったのが信じられなかったが、ずいぶん待たされたんだからしかたない。

「あら、今度はだれ？」シャーロットが屈んで撫でてくれた。

「アルフィーよ、いちばん年上の子」

「ミャオ」ぼくは挨拶したが、自分がいちばん年上だと考えるのは好きじゃない。クレアがシャーロットと玄関へ歩きだした。エミリーの姿が見えない。悪い兆候でなければいいけど。でもいまは様子を見に行けない。クレアとシャーロットから情報を得られるか確かめないと。

「では、とりあえず臨時命令を出してもらって、そのあとは病院の報告書を見てから再評価しましょう。でも、これまであなたがエミリーの面倒を見てくれていたのなら――」

「ほんとにごめんなさい。家出してたなんて知らなかったの。友だちの息子の仲良しだって聞いて、お母さんが元気になるまでエミリーには身を寄せる場所が必要だと思ったのよ」クレアが言った。「だからソーシャルサービスに連絡したの。でも、いま思えばもっと早く連絡するべきだったわ」ふたりとも笑顔だ。

どうやらクレアはエミリーをずっと預かっていたことにしたようだが、ぼくにとやかく言うつもりはなかった。エミリーがここにいられるならそれでいい。

「あの年ごろの子たちはびっくりするようなことをするものよ。それにエミリーにはジャスパーが必要だとよくわかったわ。地元でエミリーを担当したソーシャルワーカーと話したら、これからはわたしに任せると言ってくれたから、母親のことも連絡を取り合えると思う。書類を山ほどつくらなきゃいけないけど、エミリーにとってここは理想的な気がする」

「よければエミリーを母親の面会に連れていくわ。あの子とジャスパーの力になれることは、なんでもするつもり。母親が病気になったときのあの子の気持ちを考えるとね。友だちはジャスパーだけだったんだもの。トミー以外には」

「怖くなったのも無理はないわ。わたしたちはエミリーを施設に入れようとしたんだもの。一時的にせよ、たしかにジャスパーは連れていけなかった。お隣の人が預かると言ってくれたけれど、エミリーにとってジャスパーがどれほど大事な存在かよくわかったし、あなたが喜んで面倒を見てくれるのもわかったわ。入念に検討する必要はあるけれど、まあ、エミリーの年齢を考えれば問題ないはずよ。ただ、これはあくまで一時的な解決策で、いずれまたしかるべき手続きを踏む必要が出てくるわ」シャーロットが笑顔で玄関の外に出た。「でも、一歩ずつ進みましょう」

「改めてお礼を言うわ、シャーロット。ほんとにありがとう。それから、ほかの家族に会いたければ、遠慮なくいつでもどうぞ。エミリーがうちに馴染んでいるか確かめに来てちょうだい」

「ええ、ぜひ。トビーには会ったことがないけれど、話はすべて聞いてるから、きっとあなたの有利に働くわ。それから今日じゅうに学校に連絡して、エミリーが転校できるようにしておくわ。これ以上勉強が遅れないようにしないとね」

「助かるわ。でも二番めの親友のトミーと同じ学校に通えれば、エミリーも早く馴染めるはずよ」

「あなたがいてエミリーはラッキーだったわ」

「わたしたちもラッキーだと思ってる」クレアが笑顔で応えた。

ぼくはクレアを追ってリビングに戻った。

「もうだいじょうぶよ」クレアがエミリーを抱きしめた。エミリーの顔には涙の痕があり、すごく疲れているようでかわいそうでたまらない。

「わたしのためにいろいろしてくれてありがとう。わたしはトミーと前から友だちで、しばらくここに泊まってたことにしてくれたのよね。あんなふうに話してくれなかったら、いまごろわたし――」

「いいのよ、とりあえず最初のハードルはクリアできたんだから。ジョナサンもわたしも、あなたには好きなだけここにいてほしいと思ってるし、お母さんに会いたいだろうから、いつ面会できるか訊いてみるわ。ただ、あなたもジャスパーももう安全なんだから、二度と家出はしないでちょうだい。怖くなったらわたしに話して。少なくともトミーに」

「約束するわ。もう家出なんかしたくない、ほんとに最悪だったもの。猫たちがトミーを連れてくるまではね。そのあとは楽しかった」すすり泣きにもくすくす笑いにも聞こえる声を出している。「ごめんなさい、いけないことをして」

「トミーは問題を起こしてばかりいるけど、悪い子じゃないの。あなたなら態度を改めさせられるかもしれないわ。それで思いだした。トミーに電話して、いいニュースを知らせてあげたら？　トミーに携帯電話を買ってもらったんでしょう？　でも、わたしたちがちゃんとしたのを買ってあげる。さあ、これから買い物に行きましょう。身のまわりのものが足りないし、制服もいるしね。そうだ、買い物リストをつくるわ」

クレアが大好きな作業をしに行くと、エミリーがトミーに電話をかけはじめたので、ぼくはジャスパーと庭に出た。

「アルフィー、言葉が見つからないよ。信じてくれと言われたが、ほんとになにもかもスムーズに進んだ。初めて会ったときは、まさかあんたが問題解決の鍵になるとは思ってもいなかった」

「仔猫たちのことも忘れないでやって」ぼくは言った。「一生懸命ぼくの弟子になろうとしてるから、褒めてあげないと」

「もちろん大助かりだった。おかげでもうエミリーの安全を心配しなくていいし、次の食事の心配もなくなった」

「よかったね。これから仲間の猫を紹介するから、食べ物を盗んだことを謝るといいよ」

「ああ、あれは悪かったと思ってる」

「気にしないで、そうせざるをえなかったんだから。みんなもきっとわかってくれるよ。ただ、きみがまだ会ってない猫が一匹いて、その猫に会う前に話を合わせておいたほうがいい気がするんだ」

仲間を紹介しにたまり場へ向かうあいだに、ぼくはサーモンがどんな猫か説明した。そしてクレアのように、エミリーとジャスパーはしばらく前からうちに泊まっていたことにして、ポリーの家の話はサーモンにはしないことにした。クレアのように、ぼくも事実を少し曲げるほうがいい場合もあるとわかっている。あくまでも、もっと大切なことを成し遂げるためだ。ただ、仔猫たちに授業でそれを教えるのはけっこう難しくなりそうだ。

Chapter 27

「コーヒー一杯取りに行くために、何匹猫をよけなきゃいけないんだ？」ジョナサンが文句を言っている。まあ、いつものことだ。よくあることがまた始まっただけ。

仔猫たちも来ていて、授業が始まるのを待ちかまえている。子どもたちは学校に行く準備をしているところで、エミリーも今日は初めて近所の学校に行く。トミーが来ているのは、エミリーを学校まで案内したがったからだ。隣に住む自分が一緒に行くとコニーが言ってくれたのに、譲ろうとしなかった。そのせいでトミーも一緒に朝食を食べることになり、立ったまま食事をせざるをえなくなったジョナサンの機嫌が悪い。

「だいいち、ぼくはこの家の主《あるじ》なのに、なんでみんなが先に座ってるんだよ」カウンターにもたれてトーストとコーヒーの朝食をとっているジョナサンがぼやいている。

「時代錯誤の話はやめて。それにトミーは毎日うちで朝食を食べるわけじゃないわ」クレアが言った。

「それはどうかな」とトミー。

「おい、やめてくれよ。そもそも外出禁止じゃなかったのか?」

「ああ、その話? 実はね、たしかにぼくは悪いことをしたけど、よかれと思ってやったことだから、パパたちも大目に見るしかなかったんだ」にやりとしている。

「ぼくの大好物のポテトチップスをくすねたうえに、うちのトーストを食べてることは、まだ大目に見てないぞ」

「この家のパンのほうが、うちのよりおいしいんだよ」トミーが笑った。

「トミーがいて、ぼくは嬉しいよ」トビーが言った。「エミリーも。すごく楽しい。ヘンリーとマーサがいたときにちょっと似てる。トミーのほうがずっと年上だけど」

「それはどうも」とトミー。

「あたしはエミリーが好き」サマーが言った。「すごくかわいいんだもん。あとで美容院ごっこをしようよ」にっこりしている。

「いいわよ、サマー。楽しそう」エミリーがトミーのしかめっ面を無視して答えた。

ぼくはジャスパーとスノーボールに笑顔を見せた。家族はこうあるべきだ。つまらない言い争いも含めて。

「きみたちが家族に加わって嬉しいよ」ぼくはジャスパーに伝え、目を細め合った。

体育の授業の一環として仔猫と散歩をしていると、ばったりサーモンに会った。散歩にはジャスパーも参加していた。体育の先生をしてもらえば、ぼくが少し休めると思ったのだ。

「相手は任せて」ぼくは言った。「やあサーモン」愛想よく挨拶した。「元気?」

「なんだか怪しいぞ。この通りで妙な動きがあるそうじゃないか。おれの家族によると、おまえのうちに新しい人間と猫がいるそうだな」

「うん。ここにいるのがジャスパーだよ。飼い主のエミリーはトミーの友だちで、一緒にしばらくうちで暮らすことになったんだ」

「へえ。つまりポリーの家とも、なくなったキャットフードとも関係がないって言ってるのか?」不審そうに目を細めている。優秀な刑事になれそうだ。今回は、ちょっと優秀すぎる。

「もちろんないよ。でも、家のことはきみが言ったとおりだった」ぼくはサーモンが食いつきそうな餌を投げた。

「そうなのか?」

「トミーが友だちと入りこんでたまり場にしてたんだ。だからきみが言ったとおりだったけど、ぼくたちが確認しても特に問題はなかったし、きみとグッドウィン夫妻のおかげでポリーたちもあの家をどうにかするつもりでいる」

クレアとポリーの電話を小耳にはさんだから、この情報に間違いはない。得意顔になりそうなのを懸命にこらえたが、ちょっと表に出てしまった。サーモンは優秀な刑事かもしれないが、脳みその大きさではぼくにかなわない。

「ふうん」まだ疑いの目でぼくたちをにらんでいる。完全に納得はしていないが、ほかにどうしようもないはずだ。「まあ、そういうことなら、なによりだ。エドガー・ロードにようこそ、ジャスパー。よからぬことをしなければ、なんの心配もなく暮らせるさ」サーモンがしっぽをひと振りして去っていった。

「サーモンったら、相変わらずね、ほんとに」スノーボールが苦笑している。

「リーダーになりたいだけだよ」ぼくは言った。

「ほんとのリーダーはアルフィーおじいちゃんなのにね」サンタが嬉しいことを言ってくれた。

「木登りしに行ってもいい？」タイガーが尋ねた。

ジャスパーはあっという間にみんなと馴染んだ。木登りがすごく得意で、タイガーに木登りのこつを教えてくれた。ネリーとホリーとスノーボールがかくれんぼに夢中になっているあいだ、ロッキーとエルビスはサンタに虫のつかまえ方を教えてくれた。ぼくは少しのあいだ日向ぼっこをしながら幸せな気分にひたった。これだけでじゅうぶんだ。さしあたっていまは。

家に帰ったあとも、平和はつづいた。エミリーとトミーは宿題をしていた。どうやらクレアの予想どおり、エミリーはトミーにいい影響を及ぼしているらしい。サマーとトビーは仔猫たちと遊んでいる。クレアは夕食の準備中で、ジョナサンはまだ仕事から帰っていない。電話が鳴り、かけてきたのはポリーだった。クレアが話を聞いている時間のほうが長かったので、ぼくにはポリーがどんな用事で電話してきたのかわからなかった。

「みんな聞いて、ポリーの家を泊まれるようにするわよ。週末にこっちに来るんですって」クレアが言った。「マットは仕事があるから帰らなきゃいけないけど、ポリーと子どもたちは二週間ぐらいいるそうよ」

「やった！」トビーが歓声をあげた。サマーも笑顔になっている。ぼくも嬉しくなってしっぽを震わせた。

「だから空気でふくらませるマットレスみたいなものを用意しないと。そうしないと寝る場所がないわ」

「ぼくがエミリーのために持ってきたのを使えばいいよ」トミーが言った。

「そうね、まさかマットレスがあそこにあるとは思っていないあなたのパパとママが、許してくれたらね」クレアにそう言われ、トミーが赤くなっている。

「またリストをつくらなくちゃ」クレアがつづけた。

「うちに泊まっちゃだめなの？」サマーが訊いた。

クレアがあたりを見渡した。

「うちはちょっと込み合ってるわ。でもマーサとヘンリーに泊まりに来てもらうのはどう？」

「エミリーがよければ、うちに泊まればいいよ」トミーが言った。

「ぜったいだめ」クレアのひとことにみんな笑いだしたが、ほとんどはなぜおかしいのかわからなかった。

Chapter 28

ぼくは幸福感で満たされていた。なにかと心配の種が多くて切ない思いもしたけれど、ようやくいろんなことが落ち着いて、むしろ以前より幸せになった。ハロルドのことではまだみんな悲しんでいるが、エドガー・ロードに住んでいると、いつまでもくよくよしてはいられない。ぼくたちはいま、ポリー一家が帰ってくるのをわくわくしながら待っている。もちろんピクルスに会うのも楽しみだ。あの家の謎を解くのが間に合って本当によかった。ぼくとぼくの教え子のおかげだ。それと協力してくれたみんなのおかげ。

仔猫たちは作戦を最初から最後までなんとかやり遂げたことにまだ鼻高々で、うまくいってみんな満足している。だれも怪我をしない作戦は、いい作戦なのだ。ぼくはこれもモットーにしている。

エミリーはここでの暮らしにすっかり慣れ、想像以上に落ち着いている。学校生活も順調で、友だちもできた。ほとんどはトミーの友だちだが、トミーにいい影響を与えているようでフランチェスカは大喜びだ。トミーは宿題までやるようになったけれど、それはあくまで宿題をすればエミリーと一緒にいられるからだ。それに、クレアとジョナサンの厚意に甘えてばかりではいられないからお金を稼ぎたいと言ったエミリーは、レストランで働くようになった。金曜日の夜と土曜日だけだから、勉強する時間はたっぷりあるうえに、トミーはエミリーといられる時間が長くなった。ジョナサンの話だと、エミリーはこつこつ努力するのをいとわないタイプらしく、それがトミーにも伝染すればいいとみんな思っている。奇跡は起きるものなんだから。

ジャスパーはずっとここにいたみたいに馴染んでいる。ひとりきりでいたがることもあるけれど、こんなにたくさんの猫がごった返しているのに慣れてないんだから無理もない。それでもだいぶ慣れてきた。喜んで仔猫たちの力になってくれていて、仔猫たちもジャスパーが大好きだから感謝している。このあいだは、エミリーがアルバイトをしている土曜日に、ごみばこに紹介するためにジャスパーをレストランに連れていった。ぼくたちが逃げるためではなくみずから進んでほかの通りに出かけることにジャスパーは感心し、仔猫たちは事故を避ける鋭い勘を披露していた。ぼくはそんな仔猫たちが誇らしかった。短期間でよくここまで成長したものだ。もっとも、教えていたときはあまり短く感じなかったけれど。

ジャスパーは仕事中のエミリーに会えて喜んでいた。ごみばこにはすっかり感心し、フランチェスカとトーマスにちゃほやされたうえにおいしいイワシまでもらって嬉しそうだった。こんなに楽しいのは久しぶりだと言われ、ぼくの顔がほころんだ。ぼくたちはエミリーとジャスパーの力になれたのだ。これ以上の幸せはない。

「今日は特別はちゃめちゃなんだろう？」ジャスパーが言った。子どもたちも仔猫たちもひどく興奮しているが、みんなその理由をわかってるんだろうか。

「うん。ポリー一家が来るからね。でも来ればみんな落ち着くよ」断言はできないが、ジャスパーはあまりの騒ぎにちょっと驚いているようなので安心させてあげたい。

「その家族が来るときは、いつもこうなのか？」

「今回が初めてなんだ、家族全員で来るのは。だから大騒ぎになってるんだよ。でもだいじょうぶ。すぐ普段どおりになるから」〝普段〟がなんなのかわからないとは言いたくない。

「帰ってくる前にあの家を出られてよかったよ」ジャスパーが言った。「一家に会うのをエミリーは心配してる。クレアはだいじょうぶだと言ってくれたが、怒ってると思ってるんだ」

「怒ったりしないよ。みんないい人だし、むしろきみたちが無事なのを喜んでくれるよ、きっと」安心させたい。クレアもエミリーにそうしている。「さあ、しっかり毛づくろいして、挨拶に備えよう」ぼくはそう言って仔猫たちを呼び寄せ、毛づくろいさせた。

「またここに来るのは変な気分だな。しかも招待されて来るなんて」ポリーの家のキッチンでジャスパーがつぶやいた。ピクルスはぼくの横にぴったりくっついている。家のなかは大騒ぎだった。子どもたちは歓声や笑い声をあげながら家じゅうを走りまわっている。ポリーとクレアで臨時の家具を用意しているから、二週間は居心地よく暮らせそうだ。ジョナサンとマットはパブへ行くのを許された。マットはあまり長くいられないので、親友と一杯飲んできていいとクレアが言ったのだ。

「うちの庭用の寝椅子はこのままにしておいてもいいけど、ソファのほうが座り心地がいいと思うわ」クレアが笑っている。クレアはソファと肘掛け椅子をどこかから調達してきた。インテリアデザイナーのポリーの趣味とは違うが、二週間のことだからかまわないらしい。

これ以上ないほどおどおどしたトミーとエミリーが現れた。

「ほんとにごめんなさい」トミーが謝り、やさしくエミリーを前に押した。

「わたしもごめんなさい。エミリーです」顔が真っ赤だ。

「いいのよ。ここを管理してくれて、お礼を言いたいぐらいだわ」ポリーがエミリーを抱きしめた。「とにかくあなたが無事でほんとによかった。トミーが関わってたのを喜んでいいかはわからないけどね」笑いながらトミーの腕に軽くパンチを入れている。

「よければベビーシッターをやらせてください、おわびに」エミリーが申し出た。

「そうしてくれたら助かるわ。でもアルバイトがないときだけよ」クレアが応えた。「それと、宿題もないとき」相変わらずそつがない。

子どもたちがやってきてエミリーのまわりに集まり、あれこれ質問したりベビーシッターをしてほしい気持ちを訴えたりしている。この二週間で自信がついたエミリーは、子どもたちともうまくやっている。よく頑張って本当に偉いと思う。明るくなってはるかに元気そうだし、前ほど不安げではなくなった。安全でしっかり食事をしていれば、人間だろうと猫だろうとはるかに幸せでいられる。

なによりよかったのは、クレアの手配で母親に面会できたことだ。〝医療施設〟という場所にいるらしく、どういう意味かぼくにはわからないけど、そこで世話をしてもらってよくなったので、エミリーに会える状態まで回復したらしい。

面会を終えて帰ってきたエミリーはかなり動揺していて、気持ちを打ち明けられたジャスパーによると、母親はさかんに謝っていたが、まだ体調がすぐれないのでエミリーと暮らせるのはしばらく先になるらしい。それでもとりあえず最初の一歩は踏みだせたし、エミリーはこれから毎週面会に行くことになった。

エミリーは毎日忙しい。ぼくたちがいるし、アルバイトがあるし、学校に行ったり友だちに会ったりするのに加えて母親の面会もある。十五歳ぐらいの子どもはみんなそんなふうに忙しいのかもしれないけど、もちろん母親が病気なのは別だ。それにジャスパーもぼくたちみたいに甘やかされるようになったので、ずいぶん元気になった。ロッキーやエルビスやネリーだけでなく、ごみばことも仲がいい。ぼくたちは相変わらず大家族だ。日々の暮らしにも心にも新たな人間や猫を受け入れる余裕をぼくたちが常に持っている証拠だ。

ぼくが約束したので、ピクルスも仔猫の学校の授業を受けている。生まれたときからピクルスを知っている仔猫たちは、ピクルスを猫だと思っている。最初は少し驚いていたジャスパーも、いまではすっかり仲良くなった。

「じゃあ、今度こそぼくも猫になる訓練ができるんだね？」ピクルスが言った。

「だからそうじゃないって……」否定しかけたジョージがピクルスに顔をこすりつけた。自分では認めようとしないが、ピクルスに会いたかったのだ。

「うん、そうだよ」ぼくはすかさず答えた。「今日は、家族の大切さについて学ぼう。ぼくたちはひとつの大家族で、お互いの面倒を見ないといけないからね」

授業は、助けを求める役と助ける役に分かれて行い、いつもやさしく愛情深くいる心がけについても教えた。飛びぬけてクリエイティブな授業とは言えないが、ぼくにはすごく大事なことだ。なにしろ、なにがあろうと家族がすべてであることに変わりはなくて、家族には友だちだけでなく、ぼくたち猫もとうぜん含まれているんだから。

Chapter 29

何年も経験したことがないほど幸せだと思った次の瞬間、ものすごく悲しくなるなんて信じられない。

この二週間、ぼくの毎日は喜びで満たされていた。みんな幸せだった。大家族にとっては、めったにないことだ。子どもたちは最高に楽しい時間を過ごし、おとなも久しぶりにリラックスしていたし、仔猫たちのお行儀もよかった。すばらしい二週間だった。でも、それが終わろうとしている。

ポリー一家の滞在は飛ぶように過ぎ、最後の週末になってしまった。子どもたちはこれまで以上に仲良くなり、ピクルスも引っ越す前みたいにすっかり溶けこんでいるのに、こうしてマットが来るのを待っていると、明後日また離れ離れになるのが気がかりでたまらない。辛い思いをするのはぼくだけじゃないはずだ。みんなそうなる。

「今度の家は、あまり好きじゃないんだ」ピクルスが悲しそうに言った。しょげている。

食事も喉を通らないほどに。でもテーブルの下に落ちたものを食べられないほどじゃない。

「ピクルス、きっとすぐ慣れるよ」ぼくはそう応えたが、確信はなかった。ピクルスがかわいそうでたまらないけど、ぼくにはどうしようもない。

「でも、友だちになって一緒に遊んでくれる動物がいないんだ、アルフィーやジョージや仔猫みたいに。ここにいるときのぼくは猫なのに、あっちではひとりぼっちの犬になっちゃう」

寝そべって悲しそうにしている。ぼくは一生懸命慰めたが、うまい言葉が見つからなかった。

いまの状況は変えようがない。ぼくにはできることがたくさんあるけど、ピクルスをここに留めるのは無理だ。そんなことをしたらポリーたちが悲しむし、ピクルスだって家族に会いたくなる。実際、ポリー一家が帰ってしまったら、みんな心にぽっかり穴があくだろう。改めて彼らを失うようなものだ。

ポリーとクレアとフランチェスカはできるだけ一緒に過ごし、三人がそろっているのをまた見られて嬉しかった。切っても切れない仲としか言いようがない。三人はよく笑い、わが家はこれまで以上に明るい笑い声で満たされた。エミリーとトミーもいっそう仲良くなり、なんだかエミリーはずっと前からここにいる気がした。トミーは行儀がよくなって問題も起こしていないので、おとなはぼくも含めて喜んでいる。ふたりがアレクセイとコニーと過ごす時間も増え、それは試験を間近にしてプレッシャーを感じているアレクセイたちにもプラスになった。トミーとエミリーといることで、勉強ばかりでなく、たまには楽しんでもいい気持ちになったのだ。

ピクルスと仔猫たちはすごく仲がいい。ジョージは父親という役割を重く受け止め、わが子をどれほど誇りに思っているかピクルスに話した。ジョージを兄弟と思っているピクルスは、すっかり感心していた。

テオは年上の子たちにちやほやされて大喜びで、なんにでも参加しようとした。ハロルドを失ったシルビーとマーカスも以前より笑顔が増えた。ジョナサンさえ文句が減っている。まるでエドガー・ロードに、幸せな大家族に星屑《ほしくず》が振りまかれたみたいだ。なのに、それがまた奪われようとしている。

ぼくはもともとかなり楽観的な猫だ。いつだって物事の明るい面を見る。でも友だちにまたさよならを言うと思うと、たとえ永遠の別れじゃなくても心が痛んだ。ぼくが寂しくなるだけでなく、大事なみんなが悲しむのはわかっていた。

なにかできることがあればいいのに。ぼくは長年にわたって立ててきた数々の作戦を思い返し、助けた人間や猫のことを考えた。なんとか成し遂げたあれこれをすべて思い浮かべてみたが、どれほど願っても今回ばかりは打つ手がない。だからみんなでこの週末を目いっぱい楽しむことにした。それがぼくの作戦だ。

「ポリーたちを帰らせない作戦を立てればいいよ」タイガーが言った。

「そんな作戦はないよ」残念だけど、しかたない。

「家に閉じこめたら？　ぼくたちが玄関で通せんぼすれば帰れないよ」サンタがアイデアを出した。

「悪くないけど、それじゃうまくいかないよ。ぼくたちを抱きあげてどかせばすむ」

「ふうん、アルフィーおじいちゃんはあきらめるつもりかもしれないけど、わたしたちはあきらめないからね」ホリーが前足で床を叩いた。

「そうだよ」とタイガー。

「ぜったいに」サンタがつづく。

「ぼくだってあきらめたわけじゃないよ」

「そう？　そんな口ぶりだったけどね」タイガーが不満そうだ。

ため息が漏れた。ぼくも前向きに考えられたらどんなにいいか。でも、できない。マットには仕事があるから、あっさり戻っては来られない。人間のその手の問題は、猫にはどうしようもない。ぼくがもっといい仕事を見つけて、ここに留まれるようにできるわけじゃない。

留まるように説得することもできない。それはもうクレアたちがさんざんしてきた。クレアはこのまま留まるようにポリーに訴えたが、ポリーはマットには言えないと涙ながらに答えた。いまの仕事は内容もお給料もいいから、それを捨ててほしいとはとても言えないらしい。マットは新しい仕事を気に入っているとポリーは思っているが、エドガー・ロードに戻って切なそうにしているのを見たぼくは、本当にそうなのか疑っている。でも小耳にはさんだ情報によると、ほかに行き先がなければ仕事はそんなに簡単に辞められるものじゃないし、マットにはそれがない。

ヘンリーとマーサは帰りたくないとせがんだが効果はなく、ジョナサンすら、冗談まじりではあったものの、戻る気があるかマットに訊いていたが無駄だった。

ポリーたちは行ってしまう。ぼくたちはそれを受け入れるしかない。

「残りの時間をできるだけ一緒に過ごすようにしよう」ぼくは仔猫たちに言った。別れを告げるのは気が進まなくて、全身の毛がずっしり重たく感じた。

「おじいちゃんはそうすれば。でもぼくたちはあきらめるつもりはないからね」

ぼくはとりあえず調子を合わせておいたが、心の底では望みはないとわかっていた。

週末はあっという間に過ぎ、日曜日の夕方になった。荷造りを終えたバッグがいくつもポリーの家の玄関ホールに置いてある。ぼくたち猫を含めた全員が見送りに来ていた。ぼくの心は無力感でかき乱れていたが、やっぱりできることはなにひとつなかった。

「じゃあ、残念だけど、そろそろ出発しないと向こうに着くのが遅くなっちゃうからね」マットが明るく言おうとして失敗した。みんなが口々にさよならを告げた。最後にもう一度ポリーに撫でてもらったぼくは、会いたくなったらいつでも思いだせるようにその感触を記憶に留めた。

「ピクルスは？」サマーと何度も抱き合っていたマーサが出し抜けに言った。

「そういえば、しばらく見てないよ」とヘンリー。みんな顔を見合わせている。

「とりあえず、家のなかを探してみるわ」ポリーの言葉を受けてみんなが散り散りに探しに行き、スノーボールとジョージとぼくだけになった。

「仔猫たちだ」ぼくはあたりを見渡した。あの子たちの姿も急に消えている。

「ポリーたちを帰らせない作戦を実行したと思ってるの？　うまくいきっこないってあなたに言われたのに？」スノーボールが言った。

「そう考えれば筋が通る」ぼくは答えた。「ぼくに腹を立ててるみたいだったからね。あきらめてると思って」

「うん。そしてあの子たちの頭にアイデアが浮かんで、それをだれも止めなかったら?」

ジョージがつづけた。

「大変だ。早く見つけて、なにをたくらんでるか突きとめないと。ぼくの話に耳を貸さなかったなんて信じられない」

「ぼくはわかるよ」ジョージが険しい目でにらんできた。「あの子たちがだれかの話に耳を傾けることはめったにない。授業ではやってるだろうけど、これは授業じゃないからね」

捜索を開始しながら、ぼくは仔猫たちを管理しきれなかった自分の軽率さをいやでも実感した。仔猫たちがいつも耳を傾けるとは限らないとわかってたのに。でもピクルスが人間抜きで外に出ちゃいけないのはあの子たちも知ってるはずだ。それは口を酸っぱくして言い聞かせてあるから、ピクルスは必ずその辺にいる。家のなかか、あるいは……。

「庭だ」ぼくはつぶやき、ジョージとスノーボールと一緒に犬用のドアから外に出た。

仔猫たちの気配はなく、クレアたちはまだ家のなかを探している。外を探すことは思いついておらず、それは人間が猫に少なくとも一段劣っている証拠だった。

茂みや隠れられそうな場所を調べ終えたところで、庭の奥に子どもたちがつくったテントがあるのを思いだした。木の枝と毛布でつくった隠れ家みたいなものだ。

「きっとあのなかだ」ぼくは言った。

「ねえ、パパ」ジョージに止められた。「クレアたちに見つけさせようよ。せっかく仔猫たちが自分で考えた作戦なんだから。人間に伝えたいことがあるときタイガーが隠れたみたいに、ピクルスを隠したんだ」

「それもそうだね」ジョージの話ももっともだ。だからもしうまくいかなくても、それどころかぼくがうまくいかないと確信していようと、挑戦した仔猫たちを褒めてあげたい。さすがはぼくの弟子だ。

「精一杯頑張ったんだから、偉いわ」スノーボールも賛成した。

ずいぶんたった気がしたころ、クレアたちがやってきた。全員そろって転がるように外に出て、そのまま裏庭に来た。

ぼくたちはなにもしていないようにその場でじっとしていた。実際、今回は本当になにもしていない。

「テントだ」トビーが駆けだした。そしてヘンリーと一緒に入口をあけると、仔猫たちとピクルスが仲良くぐっすり眠っていた。

「まあ、見て」ポリーがそう言ったとたん、いきなり泣きだした。「行きたくないわ」マットにすがりついている。

「どうやらピクルスも行きたくないようだな」ジョナサンが言った。

「仔猫たちもピクルスにいてほしいのよ」とフランチェスカ。

みんなが同時にしゃべりだし、仔猫たちとピクルスが目を覚ました。目をしばたたかせながらこちらを見ている。ぼくがひげを立てると、ホリーが近づいてきた。

「どういうこと?」まだ大騒ぎしているクレアたちの横でぼくは尋ねた。

「あのね、作戦を立てたの、ピクルスがタイガーみたいに行方不明になる作戦。わたしたちも一緒に隠れて、それをポリーたちが見つければ、もう行く気がなくなると思ったの。でも待ちくたびれて寝ちゃった」

「いい作戦だったね」

「うん。それにすごく名案だ」ジョージも褒めている。

「優秀な教え子だわ」スノーボールが締めくくった。それでもぼくたちは、この作戦が決して成功しないと言う気になれなかった。

ついに車に荷物が積みこまれたときは、みんなすすり泣いていた。すごく辛かった。ぼくはそんなみんなの姿をろくに見ることさえできなかった。そのあとは仔猫たちと空っぽになったポリーの家に戻った。なぜかみんなと離れる気になれなかった。

「作戦がうまくいかなくて残念だったね」ぼくは言った。

「まだ終わってないよ」タイガーが胸を張った。

「終わったよ。ピクルスを隠したのはなかなか冴えてたけど、見つかってポリーたちと行ってしまったもの」

「それでも偉かったと思うよ」ジョージが言い添えた。

「なにも知らないくせに」サンタの言葉をぼくは生意気だと思ったが、不機嫌なのも無理はないので聞き流した。

「うん、まあ――」実際のところ、ぼくはたいていのことは知っている。

「そうよ。隠したのはピクルスだけじゃないのよ」ホリーが言った。

「え？」とスノーボール。ぼくたちは仔猫を見つめた。

「だって、アルフィーおじいちゃんに言われたから。作戦には常に次の手が必要だって。だからピクルスを隠したのは第一段階だったんだ」タイガーが説明を始めた。

「たしかに居眠りしちゃったけど、あれはクレアたちがなかなか来なかったからだよ」サンタがつけ加えた。

「でもピクルスが見つかって大騒ぎになったとき、わたしがおじいちゃんの気を引いてる隙に、サンタがあれを取りに行ってたの」ホリーがぼくをキッチンへつづくドアのほうへ連れていった。ドアのうしろに、よれよれになったテディベアが隠してあった。それがなにかすぐわかった。マーサがテッドと呼んでいるぬいぐるみで、マーサはどこに行くにもこれを持っていく。それどころか、赤ん坊のころから一緒のテッド抜きでは眠れない。そうだったのか。時間稼ぎになるだけだろうが、正直ちょっと感心してしまった。

「だから、きっとすぐまた帰ってくるよ」タイガーは得意満面だ。

「もうそんな歳じゃないってポリーは言ってるけど、マーサはこれがないと眠れないからね」サンタがつづけた。「自分で言うのもなんだけど、すごくうまく隠したでしょ」

クレアがやってきて、ぼくたちに気づいた。そしてテッドにも気づいた。

「ああ、よかった」手に携帯電話を持っている。「ポリー？　ええ、あったわ。あまり遠くまで行かないうちに、テッドがないことにマーサが気づいてよかった。そうね、でも今日のマーサには、これまで以上にテッドが必要よ」

「あなたたちはここでなにをしてるの？」電話を切ったクレアが尋ねた。

「ミャオ」仔猫たちが答えた。ぼくはこの場を任せることにした。どうせ時間稼ぎになるだけで結果は変わらないだろうけど、挑戦したことは認めてあげないと。一生懸命やったんだから。

やがて玄関が開き、ポリー一家がそろって飛びこんできた。

「車で待ってろって言ったのに」マットが家族に話しかけている。

「だって、ほんとにテッドか確かめたかったんだもん」マーサが応えた。

「ぼくはマーサのそばにいたかったんだ」とヘンリー。

「わたしは最後にもう一度この家を見たかったの」ポリーがまたクレアにすがりついた。

「こんなのばかげてる」マットが言った。怒っているのかと思ったが、怒った声ではない。悲しそうな家族を見つめ、次にこちらを見たので、ぼくたちも同じぐらい悲しんでいるのを伝えようとした。マットが玄関に目をやり、またぼくたちに視線を戻した。

「わかった。ぼくにはできない」

「なにを？」クレアが訊いた。

「ずっと悲惨だったんだ、あっちでは。ポリーも子どもたちも元気がなくて、まだ引っ越したばかりだからしかたないとはいえ、こっちですごく幸せそうにしてる家族を見て、改めて思い知らされた。ぼくたちの居場所はここだって」涙をぬぐっている。「ぼくもずっと楽しくなかった。いまの仕事も好きじゃない。ああ、やっと言えた」

「マット、そうだったの？」とポリー。「てっきり気に入ってるんだと思ってたわ」

「ああ、きみが気丈な顔をしてたから、ぼくもそうしてた。でもエドガー・ロードを出てから、ずっともやもやしてた。家族全員」

「ミャオ」ぼくたちもそうだよ。

「じゃあ、どうするの？」ポリーが訊いた。声が小さい。マットは考えている。

「こうしよう。きみたちはここに残るんだ。ぼくは向こうに戻って仕事を辞めて、また元の会社で雇ってもらえるか訊いてみる。だめならしばらくフリーランスで仕事をする。きみはこっちでの仕事を増やしてかまわないよ」

「ああ、マット、嬉しいわ。きっとなんとかなるわよ。愛してるわ」

「子どもたちの世話はわたしに任せて」クレアが言った。パートの仕事を始めているのに、それをいま思いださせるのはやめておこう。このときを台無しにしたくない。

「ここがぼくたち家族の居場所なんだ。エドガー・ロードが」マットがきっぱり宣言した。みんなまた泣いていたが、今度は嬉し泣きだ。ヘンリーとマーサが両親にしがみついている。クレアは笑顔をこらえきれず、それはぼくも同じだった。

「ミャオ」ぼくは声を張りあげた。

「ああ、そうね。ピクルスにもいい知らせを教えてあげないと」ポリーが笑っている。

「だからうまくいくって言ったでしょ」ぼくたちだけになると、タイガーが言った。ぼくは大げさでなく言葉を失っていた。体が愛ではち切れそうだ。ぼくがまったく関わっていない作戦、成功するとは思ってなかった作戦だったのに、仔猫たちは見事に成功してみせた。決してあきらめてはいけないことを思いださせてくれた。

今回は仔猫たちが先生で、どの子のことも目いっぱい褒めてやりたかった。

Epilogue

「ここに、全員が仔猫の学校の試験に見事合格したことを発表します」わが家の庭でぼくの前に整列した仔猫たちに告げた。「それも、すばらしい成績で」

「やった！」仔猫たちが歓声をあげてぐるぐる走りまわった。

「本当に、とても偉かったわ」卒業式を見に来たハナが褒めた。真似事の式ではあるけど、仔猫たちには特別だと感じてほしかった。これまでに乗り越えてきたこと、最近やり遂げたあれこれは、すごく大事なことなんだから。

「ぼくもそう思う」ジョージは感極まっているようで、そんな姿が微笑ましい。

「おれも仲間に入れてくれてありがとう」ジャスパーも口を開いた。でもみんなジャスパーといるのを楽しんでいた。エミリーの状況が改善してから、ジャスパーがいてくれるとみんな穏やかな気持ちになれるとわかったのだ。

「そしてあなたの授業は、大半は楽しいものだったわ」スノーボールがそう言って締めくくった。

「ちょっと挨拶させて」サンタが言った。テッドを隠してから、前より少しリーダー役になっている。タイガーも気にしていないようだ。「仔猫の学校は、ただの学びの場じゃなかった。アルフィーおじいちゃんやスノーボールや仲間の猫たちに助けられながら過ごす時間でもあった。これでぼくたちは立派な猫になれそうな気がしてる。それはすべてみんながいろいろ教えてくれたおかげだよ。特にアルフィーおじいちゃんが」

「ありがとう」ぼくは胸がいっぱいになった。「それから、嬉しいことに自分たちだけで作戦を立てられるのを証明してもらったから、これでぼくも、少なくとも多少は、エドガー・ロードの面倒を見るのをみんなに任せられそうだ」任せきりにはできないだろうけど、期待以上のことができると仔猫たちが証明したのは明らかだ。なにしろこのあいだの作戦は成功したんだから。

仔猫たちは、ポリー一家がエドガー・ロードでどれほど幸せだったか、引っ越し先でどれほど切ない思いをしているかに気づかせる作戦を立てた。エドガー・ロードに戻ってくるのはすべて仔猫たちの手柄とは言いきれないけど、ひと役買ったのは間違いない。手柄は手柄として認めよう。

それにこの子たちをこれ以上できないほど愛している。

「ぼくはどうなるの？」ピクルスが訊いた。

「どうなるって？」とジョージ。ジョージとピクルスは、些細《ささい》なことで口喧嘩してばかりいる兄弟にあっという間に戻った。まあ、喧嘩をしかけるのはいつもジョージだけど。でもピクルスはそれを気に入っているみたいなので、放っている。

「ぼくはそんなに授業を受けてないよ。だからまだ仔猫の学校に通わないと」

もうぼくにはそんな元気は残ってない。のんびりした生活が窓から飛んでいくのが見える気がした。

「こうすればいいよ、ピクルス」ぼくは猛スピードで脳みそを回転させた。「知りたいことは仔猫たちが教えてくれるよ、この子たちにとってもいい経験になる。ピクルスはしっかり耳を傾けて注意を怠らないようにすればいい」

「ごめん、なんて言ったの？　芝生を見るのに夢中で聞いてなかった」

みんなで笑ってしまった。「仔猫たちが教えてくれるよ」ぼくがくり返すと、みんなそうすると言ってくれた。

ぼくは日向で寝そべり、最近あったいろんなことを思い浮かべた。家族をひとつなくしたけれど、取り戻した。ハロルドは失ったまま、もう戻ってこない。でもエミリーとジャスパーが家族に加わった。生きているって、なかなかいいものだ。いや、それどころか最高だ。

ぼくは芝生の上で転がった。これで少しはのんびりした生活を楽しめそうだ。なんといっても、ようやく手に入れたものなんだから。

訳者あとがき

これまでほぼ一年に一冊のペースでお届けしてきた通い猫アルフィーのシリーズ。いつもより少し間隔が空いてしまいましたが、ようやく最新作となる八作めをご紹介できる運びとなりました。

本シリーズを楽しんでくださっている読者のみなさんのなかには、前作『通い猫アルフィーの贈り物』のラストでジョージとハナのあいだに生まれた三匹の仔猫のその後が気になっている方もいらっしゃるのではないでしょうか。ご安心ください。みんな無事に一歳を迎え、近所であればおとなの付き添いがなくても外出を許されるまで成長しています。それぞれの個性もはっきりしてきて、そののびのびした様子から、愛情に包まれて育ってきたのがわかります。ただ、元気いっぱいすぎてなにをするかわからない三匹に周囲が振りまわされる日々は変わりません。ジョージとハナが休めるように、アルフィーもできるだけ仔猫たちの相手をするように努めていますが、これまでどおり家族が問題を抱えていないか気をつける必要もあります。

その両立に苦労していたアルフィーに、名案が浮かびます。仔猫たちが立派な猫になるために必要なことを教える場を設ければ、三匹のあり余るエネルギーをいくらか解消できるだろうし、人間や猫の力になる仕事だって引き継いでもらえるかもしれず、うまくいけば自分も少しのんびりできるから一石二鳥だ、と。

勇んで授業を始めたアルフィーは、経験をとおして培ってきた考え方を言い聞かせたり、ときにはお手本を見せたりと奮闘しますが、仔猫たちはよそ見をするわ居眠りするわでなかなか集中してくれません。それでも少しずつ成果が見えだしたころ、エドガー・ロードに見知らぬ猫が現れます。いったいどこから来たのか、そしてエドガー・ロードでなにをしているのか。

その謎が解けたとき、新たな問題が持ちあがります。家族のひとりが厄介事に巻きこまれそうな気配が漂い始めたのです。

相変わらずあれやこれやで休む間もないアルフィー。果たして山積みの問題を解決しながら仔猫たちの教育に成功し、思惑どおり晴れてバトンを渡せるのでしょうか。

　さまざまな経験から知恵を積み重ねてきたアルフィーは、先輩としてその知恵を次の世代に伝えようとします。年々増えつづける家族が抱えるトラブル解決に奔走するのに少し限界を感じているからでもありますが、それは自らの体力の問題だけではなく、大切な誰かが苦しんでいることに気づけなかったらどうしようという不安にも原因がある気がします。苦しむ家族に気づく目がもっとほしい。そう思ったのではないでしょうか。

　それにアルフィーが伝えたいと望むのは、トラブルを解決する方法だけではありません。いくつもの辛い別れを経験してきたからこそ学んだこともあるのです。いまの幸せを当たり前と思わず、一瞬一瞬を慈しんで生きなければいけない。それはアルフィーにとって、苦しい時期を乗り越えるときに支えになってくれる信念でもあります。だからこそ、どんなに忙しくてもいまの幸せへの感謝を忘れず、周囲のみんなにも幸せでいてほしいと頑張らずにはいられないのです。

　今回アルフィーはまたしても別れを経験しますが、別れのあとには新たな出会いや再会もあるものです。まだ幼さが残り、怖いもの知らずの仔猫たちにははらはらさせられることも多いけれど、若さゆえの無邪気さやまっすぐな気持ちからアルフィーが学ぶこともあるのかもしれません。

さて、今回はまたしても嬉しいおまけがあります。本編より時間を少しさかのぼった季節を舞台にした短編です。久しぶりに海辺の別荘を訪れたアルフィーたちの活躍も、ぜひお楽しみください。

中西和美

二〇二三年六月

通い猫アルフィーの休日

レイチェル・ウェルズ
中西和美＝訳

本作は著者が下記のウェブサイトに掲載した短編
“Alfie's Spring Break”を翻訳したものです。
https://rachelwells.co/

例によって〈海風荘《シーブリーズ・コテージ》〉に向かう道中は耐えがたいものになった。長いドライブになるだけでなく、自分が世界でいちばん運転がうまいと思っているジョナサンが必ず（控えめに言っても）不機嫌になるせいでさらに雰囲気が悪くなる。ジョナサンは大勢での移動も好きじゃないらしい。それにサマーとトビーは後部座席でしょっちゅう「もうすぐ着く？」をくり返し、さすがのクレアもやめさせられずにいる。でもなおいけないのは、ぼくとジョージがひとつのキャリーで狭苦しい思いをしていて、ジョージの機嫌がひどく悪いことだ。出発してからほとんど声も出していない。むっつり寝そべり、どんなに元気づけようとしても無駄だった。そんなわけで、ぼくはへとへとになっている。

〈海風荘〉はデヴォンにある別荘だ。ほかの二家族と共有していて、今回はクレアたち家族だけで遊びに来た。だから動物の友だちを残してくるしかなかった。ぼくはガールフレンドのスノーボールを残してきたけど、もうおとなだから我慢できる。寂しくても一週間のことだ。でもジョージはハナや仔猫たちと離れ離れになってすっかり落ちこんでいる。仔猫たちはまだ幼いから、海の近くに連れていくのは危険だとクレアが言ったのだ。ぼくもそう思う。そこらじゅうで悪さをしかねないし、ぼくとジョージが初めて〈海風荘〉に行ったときは、危うく溺れそうになったり、羊の群れに踏みつぶされる一歩手前まで行ったり、火事に巻きこまれそうになったりしたのだ。

それでもジョージはハナだけに仔猫を任せてきたことをうしろめたく思っている。行かなくてすむように隠れようとすらしたが、トビーのベッドの下というばればれの場所に隠れたものだからトビーに見つかってしまった。ハナは一週間ぐらい自分だけでだいじょうぶだと言っていたし、スノーボールも手伝ってくれるはずなのに、ジョージは納得できずにいる。気持ちはわかる。ぼくもジョージがうちに来てから離れ離れになったことはめったにない。それにジョージはひとりしかいなかったけど、仔猫三匹は手に余る。

「たったの一週間だよ、ジョージ」ぼくはものすごく粘り強い。

「ニャア」ジョージは両前足に顔をうずめてしまった。

「ピクルスも寂しがるだろうな」ぼくはエドガー・ロードを思い浮かべた。ピクルスならぜったい海辺を気に入るはずだ。きっとそのうち連れてきてもらえるだろう。

「ピクルスも来てたら、どこにも行けなくなってたから、それはよかったかもね」ジョージがむっつりつぶやいた。

「仔猫たちもね。それにエドガー・ロードに帰れば、いやというほど一緒にいられるよ。ぼくもそうする」ほんとはぼくも仔猫たちに会いたい。手を焼かされるが、かわいくてしかたない。おそらくジョージも同じ気持ちなんだろうけど、ふくれっ面のままなので、そのあとはどちらもずっと黙っていた。


車からおろしてもらったときは心からほっとしたが、キャリーに入れられたままなのをジョナサンが思いだすまで外に出してもらえなかった。外に出たとたん、さわやかな潮の香りが押し寄せてきて幸福感に包まれた。ひげにあたる風が心地いい。ジョージの機嫌も直っている。ここに来るとみんなこうなる。クレアたちが〈海風荘〉を共有する前からここに住んでたギルバートが現れたので、心をこめて挨拶した。ここに来られて本当に嬉しい。

「うしろめたいんだよ。だからちょっと落ちこんでるんだ」ようやくジョージが口を開いた。「仔猫たちを残してきたのがうしろめたい。一週間ハナだけに全部やらせるのがうしろめたい」

「親っていうのはそういうものだよ。いつもうしろめたさを感じるんだ。それに、そのうちハナも旅行に行くかもしれないし、そのときはジョージが仔猫たちの面倒を見るしかなくなる」言ってはみたけど、考えただけでぞっとする。そうなったらぼくも手伝うしかなくなる。ハナが旅行に行く日があまり早く来ないように祈るしかない。

ギルバートはぼくたちに会えたのを喜んでいて、ぼくたちも嬉しかった。会うのは久しぶりだ。

「パンデミックのときはどうしてた？」ギルバートが尋ねた。

「ああ、ぼくたちは自由にしてたけど、クレアたちは違った。変な感じだったよ」ぼくは答えた。「みんながずっと家にいるから、わずらわしいこともあったな」

「おれは運がよかった、普段とさほど変わらなかったからな。猫ドアがあるし、食べ物も毎日もらえた」ギルバートはちょっと変わっている。出会ったころは〈海風荘〉に住みついている野良猫で、食べ物も自分で手に入れていたけど、ぼくたちが帰るときクレアが毎日食事を用意してあげてほしいと近所の女の人に頼んだ。だからいまのギルバートは甘やかされている。ぼくたちみたいに。

「ぼくもギルバートに会いたかったよ」ジョージが言った。「それにぼくはパパになったんだ。仔猫三匹の。大変だけど、ぼくももうおとなだからちゃんとやってる。正直に言うと、ここには来たくなかったんだけど、ギルバートに会えてすごく嬉しいし、たまに家を離れるのも悪くないね」いま気づいたようにひげを立てている。

「それなら、おとなになったジョージ、この休みを目いっぱい楽しんで、帰ったあと仔猫たちに全部話してやれるようにわくわくすることをやろう」

「危ないことはだめだよ」ぼくが言うと、ギルバートとジョージがこちらを見て笑い声をあげた。

ひと息つくのを短めにすませ、探検に出かけた。そのころには暗くなりかけていた。早くビーチに行って、毛にあたる潮風や砂を踏む感触を味わいたくてたまらない。最初は体じゅうにくっつく砂が苦手だったが、いまは大好きになった。夜しかビーチに行かないのは、昼間はリードをつけていない浮かれた犬がたくさんいて、追いかけてくるからだ。苦い経験をしたからわかっている。でも日が暮れるとビーチはがらんとして安全になる。

「砂丘をおりるのがビリになったら負けだよ」ジョージは〈海風荘〉に来ると子どもみたいになり、それを見ると仔猫だったころが思いだされてちょっと切なくなる。ジョージへの愛情は深まる一方だし、立派なおとなになったのが誇らしいけれど、時の流れを痛感せずにいられない。そんなことを考えているうちにギルバートが砂丘をおりはじめ、あわてて追いかけたジョージが滑って転んだ。

「ニャッ!」悲鳴をあげ、尻もちをついたまま下へ滑っていく。でもそのせいでジョージが勝った。

この遠出はみんなにとっていい息抜きになり、だれもがリラックスして緊張が解けていった。ジョージは仔猫たちのことで気をもまなくなり、ギルバートと探検するのを楽しんだり、庭で日向ぼっこをしながらぼんやり景色を眺めたりしている。それに胸を撫でおろしてもいる。ジョージが初めて夢中になったシャネルという名前の猫を飼っていた隣の住民が引っ越していたのだ。ジョージにとっては恥ずかしい思い出で、そのあとシャネルとは挨拶程度はする仲になったものの、父親になったジョージはちょっと気恥ずかしさを感じていた。いま隣には新しい住人が住んでいて、会ったことのあるクレアとジョナサンによると、年長の子どもふたりと仔犬がいるらしい。ジョージもぼくもあまり近づかないようにしている。

〈海風荘〉の朝はうちにいるときより穏やかで、それは主にジョナサンが会社に行く必要がないから靴下なんかがないと文句を言うこともないし、サマーとトビーも学校に行かなくていいから、あわてて着替えをする必要もないせいだ。みんなのんびり朝食をとりながら、その日の計画を立てている。

いまのところ天気にも恵まれていて、クレアたちは休暇を満喫していた。長い散歩、ボール遊び、海での水遊び。ぼくは水が大嫌いだからやるのは子どもたちだけど、とにかくだれもが解放感にひたっていた。

　ギルバートが安全な野原に案内してくれた。襲ってくる羊も、どっちに動くかわからない牛も、おなかを空かせた豚もいない場所に。本当に理想的な春休みになっていた。クレアたちはフィッシュアンドチップスをテイクアウトし、ぼくたちにも魚をくれた。子どもたちはビーチに来る屋台で滑らかなソフトクリームまで買ってもらっていた。ジョナサンがこっそり少しだけなめさせてくれたソフトクリームをジョージはかなり気に入ったようだけど、ぼくの舌にはちょっと冷たすぎた。

　庭で日向ぼっこをしていたら、隣との境にある生垣でガサガサ音がした。ぼくは放っておいた。どうせ蝶か鳥だろうし、せっかくのんびりしてるのに追いかける気になれない。すると暗い影に覆われ、見あげるとモコモコの仔犬と目が合った。ピクルスの倍の大きさだ。

「ニャッ」思わず悲鳴が漏れた。ぼくを食べるつもりだろうか。

「シャーッ」ジョージが助けに来てくれた。ギルバートも。ぼくたちはそろって仔犬に立ち向かい、戦う態勢を整えたが、できればそんなことにはなってほしくなかった。

「ここでなにしてるの？」仔犬が訊いた。敵意があるようには聞こえない。

「春休みで来てるんだ。ここはうちの別荘だから」ぼくは答えた。

「おれはここに住んでる」とギルバート。

「でも、会ったことないよね」仔犬が言った。

「おれはひとりでいるのが好きなんだ」ギルバートが肉球を舐めている。これは本当で、ぼくたちがいないときギルバートはここにひとりでいる。ぼくたちと打ち解けるのさえ、しばらく時間がかかった。

「一緒に遊ばない？」仔犬が言った。ぼくたちの肩から力が抜けた。危険な相手じゃない。

「無理だよ。あいにくぼくたちは猫で、きみは犬だからね」ジョージはピクルスのことは大目に見ているが、犬好きには程遠いし、むかしは犬嫌いだったぼくでも考えを変えることができずにいる。

「なんで？」

「なにがなんで？」ぼくは尋ねた。

「なんで猫と犬は遊べないの？」

「なぜなら」ジョージがぼくをにらんできた。ぼくはひげを立てた。だれにでもやさしくしたいから、つい相手をしてしまっただけなのに。「猫は遊ばないからだよ。ぼくたちはものすごくまじめなことしかやらないんだ。そもそも、犬はひとりで出かけちゃいけないんじゃないの？」

「そうなの？」不安そうにしている。

「そうだよ。だからいないことに気づかれないうちに帰ったほうがいいよ」

「ジョージ」きつい口調をたしなめたのに、しっぽをひと振りされてしまった。

「でもみんな出かけちゃったから、つまんないんだ」しょげている。なんだかかわいそうになってきた。

「それなら――」

「だめだよ、帰らないと。帰らないと叱られるよ」ジョージが食い下がった。相手は自分の倍近い大きさなのに、生垣の隙間に押しこむ勢いだ。仔犬は名乗る余裕も与えられず、しょんぼりしたままもぞもぞと狭い隙間を抜けて帰っていった。

「ジョージ、ちょっと冷たかったんじゃない？」ぼくは言った。

「でもジョージは間違ってない。ここに来たのはまずかった」ギルバートが言った。「飼い主が帰ってきたとき姿がなかったら、心配する」

「ついでにあの隙間を埋めるようにクレアたちに伝える方法を考えないと」ジョージがつづけた。シャネルに夢中だったころは、口が裂けても言いそうになかったせりふだ。

「たしかにそうだけど、もう少しやさしくしてあげるべきだったと思うな。ひとりぼっちなんだから」歳を重ねるにつれて、ぼくは間違いなく寛大になった。仔猫たちがいるせいかもしれない。「いつも言ってるだろう――」得意のお説教を始めようとしたら、ジョージにさえぎられた。

「パパ、ジョナサンが近所の魚屋さんでイワシを買ってくるって言ってたよ」ぼくの大好物がイワシだと承知で言っている。ぼくは仔犬のことをきれいさっぱり忘れ、大好物を待ちかまえるためにキッチンへ駆けだした。


ほかの家族にもスノーボールにも仔猫たちにも会いたかったが、ひと休みできるのは嬉しかった。それどころか、最後にこんなにのんびりできたのがいつか思いだせない。日差しを浴びて寝転んでいると、ぬくぬくと気持ちがいい。軽く昼寝でもしようと目を閉じかけたとき、隣で大きな声がした。ぼくは飛び起きてなにがあったのか見に行った。ジョージも来た。ギルバートは家のなかだ。

このあいだ仔犬が使った隙間から隣をうかがうと、住人が首をはねられたニワトリみたいに走りまわっていた。首をはねられたニワトリなんてぼくは見たことがないけど、車の鍵を探すジョナサンに向かってクレアがしょっちゅうそう言っている。

「ベイリー、どこにいるの？」何度も何度もくり返している。ほとんどパニック状態だ。ぼくはジョージを見た。

「このあいだ会った犬のことかな。ほら、ジョージが意地悪なことを言った仔犬だよ」

ジョージは後悔しているようだ。「またこっちに来てないか、確かめてみる？」

「そうしよう」ぼくは態度をやわらげた。あけっぱなしになっている玄関からなかに入ると、トビーとサマーとぼくたちが絶え間なく持ちこむ砂をきれいにしようとクレアが床を掃いていた。

「どうしたの？」クレアがぼくたちとほうきにつまずきかけた。

「ミャオ」ぼくが大声をあげると、外で話し声がした。クレアが様子を見に行き、ジョージは仔犬を探しに行ったが、ぼくはクレアについていった。なんでも知っておきたい。

「どうかしました？」クレアが生垣の隙間から隣に声をかけた。

「ベイリーがいなくなったの、外に出たみたい。そちらに行ってないかしら？」

「さあ、よかったら見に来ます？」

女の人があっという間にうちの玄関にやってきた。顔が赤く、息を切らしている。

「うちは夫と子どもたちに探してもらってるけど、もしかまわなければ……」

「気にしないで。わたしは見かけていないけれど、生垣の隙間から入ってきたかもしれないわ」

「ミャオ」入ってきたことあるよ。でも女の人はぼくに気づかないらしく、ベイリーの名前を呼びながら庭じゅうを探しはじめた。ぼくはひげを立て、クレアは驚いたように見つめていた。

「なかもどうぞ。知らないうちに入ってきてるかもしれないわ」クレアが声をかけた。走りまわっていた女の人が足を止め、こちらへやってきた。

「まだ子どもで、最近うちに来たばかりなの。ああ、あの子に何かあったらどうしよう」

「きっとだいじょうぶよ。いつから隣に住んでるの？」

「二、三カ月前からよ。ああ、ベイリー！」いきなり声を張りあげたので、ぼくは飛びあがってしまった。

ジョージを探しに行くと、ギルバートといた。

「いない？」ぼくは訊いた。

「うん」

「おれは裏口にいたから、入ってきてたら気づいたはずだ」ギルバートが言った。

「大騒ぎになってるよ」ぼくは状況を説明した。「ベイリーはもらわれてきたばかりみたい。一緒に遊んであげなかったのをあまり悔やんでないといいけど」言わずにいられない。

「パパ、あの子は今日いなくなったんだよ。うちに来たあとじゃないんだから、ぼくのせいにしないでよ」むきになっている。

「なあ、言い合うのはやめて、探さないか？」ギルバートが提案した。まさにぼくが言おうとしていたことだったので、ぼくはしっぽをひと振りした。

子どもたちと帰ってきたジョナサンは、無理やりクレアに隣へ連れていかれた。ベイリーの飼い主のヘレンに、手伝えることがないか訊きに行ったのだ。どうやらみんなでこのあたりをくまなく探すつもりらしく、留守のあいだにベイリーが戻ったときのためにクレアは留守番することになった。ばらばらに探しに行ったのを見ると、どうやらまともな探し方をわかっていないらしい。ぼくが人間や猫を探す経験が豊富な貴重な猫でよかった。

ビーチへ探しに行ったのはもっともだと思うが、犬がたくさんいるのでぼくたちは行けない。かわりに家や庭を歩きまわり、隠れられそうな場所を片っ端からチェックした。茂みの下だけでなく、潜りこんでいるかもしれないと思って物置や離れも確認したが、いなかった。玄関先に戻ると、お隣の家族はいっそうあわてふためいていて、クレアは近所の家を一軒残らず訪ねてみると言いだしている。子どもたちの世話と食事の用意はジョナサンに任された。トビーもサマーも大喜びしていた。ピザを注文するとジョナサンが言ったからだ。ジョナサンはお隣の分も注文しようとしたが、心配で食事をする気になれないらしい。ぼくは落ちこんだ。ベイリーがひとりぼっちで迷子になるなんて考えたくないし、人間が取り乱すのも見たくない。ぜったいに。

もう暗くなりはじめているのに、ベイリーは一向に見つからなかった。近所の家はすべて調べ、それどころか住人の大半が探しているのに、ベイリーはどこにもいなかった。

「消えてしまうはずがないよ」ぼくは前足で頭を掻いた。

「泳ぎに行って、そのままほかの場所に行っちゃったのかな」ジョージが言った。

「犬は泳げるの？」

「さあね」とギルバート。「だが猫より水が好きな気がする。走って海に入っていくのをよく見るからな」

それでひらめいた。

「ジョージに追いかけられたシャネルが隠れようとしたときのこと、覚えてる？」

「なんでいまそれを持ちだすの？」

「ああ、あの話ね」ギルバートがにやりとしている。

「だから、なんでいまなの？」ジョージが前足で地面を踏みつけた。

「あのときはシャネルが隠れたボートが流された。ベイリーもボートに隠れてるとしたら？」

「でもいまは引き潮だし、名前を呼んでるのが聞こえたはずだよな。かなり大声で呼んでた」ギルバートが言った。

「調べても損はないよ」わくわくしてきた。

ありがたいことに、向かったビーチに犬の姿はなかった。ぼくたちは濡れないように気をつけながらボートを調べた。ボートも忍耐も残り少なくなったとき、小さなキャビンがついた船の横にカップルが立っているのが見えた。

「どこから来たのかしら」女の人がつぶやいている。

「さあ。でもきっと心配してる人がいるぞ」男の人が応え、キャビンのなかに腕を伸ばした。そして体を起こしたとき、ベイリーを抱えていた。

「いた！ ぼくたちが知ってる犬だって、あの人たちに知らせないと」ベイリーが無事で本当によかった。

「でも、どうやって？」ギルバートが訊いた。

「任せて」ぼくはジョージとカップルに近づき、声を張りあげて鳴きはじめた。最初は戸惑っていたギルバートも加わってくれた。ベイリーが吠えた。よかった、これでぼくたちと知り合いだってわかってもらえる。男の人の腕のなかでもがき、こちらに来ようとしている。

ぼくたちはひたすら鳴きつづけ、ぐるぐる走りまわったりそっと引っかいたりして、ついてきてほしいと伝えようとした。大声を出し、ふたりのまわりを走り、ジャンプしたが効果はなく、うんざりしてきたころ男の人が口を開いた。

「この子の家を知ってるのかな」

「ビーチに猫がいるのを初めて見たわ」女の人が言った。

「ミャオ！」ぼくは本気で叫んだ。そんなのいまどうでもいいでしょ！

「きみはこの子たちを知ってるの？」男の人がベイリーに尋ねた。ぼくたちに訊かないなんてばからしいにもほどがあると思ったが、ベイリーがまた吠えたのをふたりはイエスと受け取った。

ようやく伝わったようで、ぼくはほっとした。なにしろ砂がついてほしくないところまで砂だらけになっているのだ。ぼくたちが歩きだすと、ベイリーを連れたカップルがついてきた。ベイリーの家に到着し、玄関先で待った。

玄関をあけたヘレンが、わっと泣きだした。

「喜ぶはずじゃなかったの？」ジョージが小声で言ってきた。

「嬉し泣きだよ」ぼくはささやき返した。

「見つけてくれてありがとう。どこにいました？」ヘレンが男の人の腕からベイリーを抱きあげた。ベイリーはちぎれそうな勢いでしっぽを振りながらヘレンの顔を舐めている。

ぼくは自分を褒めずにいられなかった。

「わたしたちの小さなボートのキャビンで寝てたんです。毛布に潜ってたから、気づかないところでした」女の人が説明した。「明日遠出をする前に掃除をしに行ったら、この子がいたんです。丸まって寝てました。どこから来たのか不思議に思っていたら、この猫たちが現れたんです」

全員の視線がこちらへ向き、そのとき初めてヘレンはぼくたちに気づいた。

「猫が？　お隣の子たちよ、別荘の」眉間に皺《しわ》を寄せている。

「ビーチに猫なんて珍しいと思ってたら、やたらと大騒ぎするんでついてきたんです」男の人が頭を掻いている。どうやら取り返しがつかない事態から救ってくれる猫に出会ったことがないらしい。

「そろそろ行かないか？」ギルバートが言った。あまり注目を集めたくないのだ。〈海風荘〉へ歩きだしたぼくたちに向かってヘレンがありがとうと叫び、飲み物をごちそうするためにカップルを家のなかに招き入れた。みんなにも知らせないとと言っている。

「あそこにいれば、ご褒美をもらえたのにな」文句を言いながらジョージもついてきた。

「クレアとジョナサンの耳に入れば、きっとご褒美をくれるよ」どうかそうなりますように。

別荘に戻ったあと、ベイリーが帰宅したいきさつは瞬く間に町じゅうに広まった。ベイリーが無事に戻ったのはぼくたち猫のおかげだと話している者もいる。それにジョージとギルバートとぼくはご褒美をもらった。おいしい魚のご褒美を。ヘレン夫婦もベイリーを連れてきて、改めてお礼を言ってくれた。ただ、持ってきたのは花とワインで、猫にはあまり意味がなかったけれど、クレアは喜んでいた。空がいっそう暗くなるにつれて、子どもたちは眠くなり、おとなは生き生きしはじめた。たぶんワインのせいだろう。

ぼくたちは、いろいろあったけれど充実した一日になったことを星に感謝した。まさに理想的な春休みの、理想的な終わり方だ。

訳者紹介　中西和美
横浜市生まれ。英米文学翻訳家。おもな訳書にウェルズ〈通い猫アルフィーシリーズ〉やプーリー『フィリグリー街の時計師』（以上、ハーパーBOOKS）などがある。

ハーパーBOOKS

通《かよ》い猫《ねこ》アルフィーと3匹《びき》の教《おし》え子《ご》

2023年7月20日発行　第1刷

著　者　レイチェル・ウェルズ
訳　者　中《なか》西《にし》和《かず》美《み》
発行人　鈴木幸辰
発行所　株式会社ハーパーコリンズ・ジャパン
東京都千代田区大手町1-5-1
03-6269-2883（営業）
0570-008091（読者サービス係）
印刷・製本　中央精版印刷株式会社

定価はカバーに表示してあります。

Printed in Japan
ISBN978-4-596-52142-2